有你真好

徐月红 著

百花洲文艺出版社
BAIHUAZHOU LITERATURE AND ART PRESS

图书在版编目(CIP) 数据

有你真好 / 徐月红著. -- 南昌 : 百花洲文艺出版社, 2020.11（2021.6重印）
ISBN 978-7-5500-3849-3
Ⅰ. ①有… Ⅱ. ①徐… Ⅲ. ①散文集-中国-当代
Ⅳ. ①I267

中国版本图书馆CIP数据核字（2020）第193228号

有你真好

YOU NI ZHEN HAO

徐月红 著

出版人 章华荣
策　划 邹晓冬
责任编辑 安姗姗
封面绘画 姚新峰（中国美术家协会会员、国家一级美术师）
封面题字 蔡　标（中国书法家协会会员）
内页插画 尹　婷
版式设计 骆忆芳
出版发行 百花洲文艺出版社
社　址 南昌市红谷滩区世贸路898号博能中心Ⅰ期A座20楼
邮　编 330038
经　销 全国新华书店
印　刷 南昌市红星印刷有限公司
开　本 787mm×1092mm 1/16 印张 15.25
版　次 2021年6月第1版第2次印刷
字　数 200千字
书　号 ISBN 978-7-5500-3849-3
定　价 49.90元

赣版权登字 05-2020-155

邮购联系 0791-86895109
网　址 http://www.bhzwy.com
图书若有印装错误，影响阅读，可向承印厂联系调换。

代 序

守望生命中的那点真那缕爱

宗 川

·1·

如果你是“80后”，一本薄薄的小册子在你的手上，你打开了它，它竟勾起你许多关于“人之初”的回忆，其中字里行间的喜怒哀乐拍打着你心灵的堤岸，引起激湍飞雪，涟漪道道。我们心中总有真挚柔软的情愫，总有情肠衷曲，因某种机缘被撩拨得在同一频率共振。这本小册子它的情感真挚，人物活脱，场景纤毫毕现。故事中的亮点像夏秋之季绵绵雨中的“雀水鱼”一样，和你不期而遇，使你对生命、生活产生某种感慨、某些感悟。

这就是月红所写的“处女秀”——《有你真好》。这本薄薄小书的价值还在于，可以让你的孩子读读，让他知道过去生活的简朴简陋，乃至布满艰辛。也许能让孩子们的心智因磨砺而有所健全，能让他们从中学习到怎样从琐碎的生活中，发现闪光点、结晶点，从而使其作文的能力有所提高。

因为月红说了，她是“作文家”。她的这些“作文”不错。

·2·

我与月红相识有七八年了。说来惭愧，她管我叫“老师”，原因是她的书法学习是我引她上路的。她的书法现在已经甩我几条街了。我很佩服她非凡的定力和悟性。

今年7月的一个晚上，她突然在手机里和我说，我写了点东西，念给你听听，这就是她的第一篇文字：《囡囡和二倌》。当时写了不到五百字，我听了以后，大大赞赏。我说，写下去，你的文字感觉真好，感情真挚，人物活脱。正宗的江南风色，一股浓浓的江南气息。

这样，几乎每天晚上听她朗读她的文章，成了我们的必修课。她的一些苦难的历程，常使我哽咽不能自已。我发现她先天就有一种为文者求而不得的本领，不露声色地叙述，用泪滴映出阳光的灿烂！

天生夙慧，心地光明啊！

月红永远有股孩子气，是个充满阳光的人，她最不愿意让人看到的就是她的泪水，她充满悲戚的面容。

2018年8月底，天降霹雳。

那天傍晚，因为写剧本的事要和她商量，我拨通了她的手机，电话里她一反常态，不说话，我只听到她绝望、声嘶力竭的号啕大哭。我懵了，急切地问她，怎么啦？你在哪里？说，说话啊！她不回答，只有被风撕碎的号啕，敲打着我的心。过了很长时间，她才说，我的粉猪被上海医院确定为绝症了！

为了不给家人添伤悲，她现在是在长江边。

怎么可能？

那个厚道腼腆的小细娘，做起事来总是默默地，像个暖瓶，你看不出她的热度和激情。十天前还和我一起漆描社区“拥军爱民”的奖品呢，默默地，很认真地。后来我们在一家小店一起吃“麻辣烫”，她指着墙上贴满的“黄贴”说，那个是这里开业时，我画的—— 一个风格简约的憨憨的卡通猪脸。那天她穿着一件圆领T恤，我看着她又宽又平的肩膀说，去当兵吧，一朵飒爽的兵花。

后来她在上海住院，我就再也没见过她了。突然有一天我QQ中她的头像亮了，又忽地黯淡了。我心中蓦地升起一种不祥之感，急打电话问月红，粉猪怎样了？她声音疲惫空洞，没有了生命的张力：我们准备回家了，医生说她不会超过十天了。

人有第六感官吗？我不知道。

大概又过了一周吧，一个寒冷的黎明，我怎么也睡不着了，心里被一种不安的情绪揉搓着。我的手机传出铃声，是月红打来的，她说：

我的粉猪走了……

她没有哭，声音辽远渺茫，空空的，空空的，在飘飘荡荡……我没有回话，她也再无言语。半天，手机里传出“滴滴”声，她挂了。

碧玉年华，蓓蕾凋落，叫人心痛得发紧发颤，一抽一抽的……

·3·

窗帘的缝隙中闪出微光，泪水流进耳畔，我眼前浮动着一幅画面：爸爸有了新的妻子，那个家庭对她们关闭了家门。无奈的妈妈也有了新的家庭，先走了，因为种种原因暂时不能带她们过去。她和妹妹挤在一间用鱼棚临时改建的房子里。一个柜子、一张床、一张桌子、一把椅子就是姐妹俩的全部财产。

南方的雨绵长密集，下起来就没个停，地上满是积水，床上湿透了。半个用塑料膜遮盖的屋顶积了一兜一兜的水，还时时不堪重负突然爆裂，哗哗的流水四溅。姐姐抱着妹妹，妹妹抱着姐姐，坐在唯一的一把椅子上，头上也顶块塑料膜，盼着雨停，盼着天亮。

少年父母离异，中年痛失爱女。

人间的苦难接连地向她袭来。

我怕这种筋骨血肉撕裂之痛，会把她打倒，从此她一蹶不振。那些日子，年关将近，真可谓“急景凋年，鹤唳华亭”。每天下班后她不走，把自己关在办公室里，默默抄写《心经》，以为女儿百日之祭宣誓母爱永在。

我见证了她在公共场合，依然一脸微笑；一旦投入工作，依然还是那样反应机敏，处事果断；一切都按部就班，有条不紊，举重若轻，指挥若定。那天是旧历年的最后一天，人都走了，大厅里空荡荡的，我走进了她的办公室，为她送上一帧我手制的贺年卡，把最美好的祝福送给她。她在整理她所抄写的《心经》，低着头，双手微微颤抖，一声不吭。突然，她抬起头，泪流满面，哽咽着：一百份，我终于……

·4·

得知她要写本小册子，主要是写她和妹妹的童年往事，我看是好事。这能让她找到一个新的关注点，可以调节她的心绪。但我没有料到她会写得这么好，好得让人嫉妒！

首先是主线分明，人物是那么的丰满，每一朵生活的浪花都那么绚烂。再就是真情满满，爱心满满。“有你真好”，主线是她和妹妹二倌的故事，这主题和国家当前放开二孩的战略方针是合拍的。作为文学形象的奇正相形，如囡囡和二倌的形象；爷爷和妈妈不同的爱的表达方式；作者作为全知者的多维度视角，如《一只气筒》这个叫人泪奔的篇章里的二倌只身爬进楼的描写，那都是一种全景式扫描。随意带入，一点都不突兀。

作品里，让我最佩服的人物是二倌，质地坚硬最能吃苦耐劳的人物是妈妈，而最神秘、最神圣的人物是爷爷，他是一个家庭优良传统的传递者，在我眼里他是个哲人、圣者。他对子孙的教育达到了教化的最高境界：随风潜入夜，润物细无声。特别是，他预料到他的孙女将面对家庭破碎的危机时，他对于孩子的热爱生命教育，让我潸然泪下。他的修养教育都是那么及时到位，他的情感表达方式是那么的细腻贴心。当二倌被重男轻女的爸爸送人时，他愤怒得像一头狮子，不顾天黑路远，抄起刀就找人拼命了。

这位老前辈的大德懿行，心地正大，让我虔敬！我老问月红，你爷爷是干什么的，他怎么会这么睿智宏瞻，思虑深远？月红也语焉不详。

·5·

什么是好文章？历来仁者见仁，智者见智，门派攘攘，各领风骚。

老子说“信言不美，美言不信”。李白继承了老子的思想，提出了“清水出芙蓉，天然去雕饰”的艺术主张；“文章须自出机杼，成一家风骨”，《魏书·祖莹传》提出了文章个性化的圭臬；再有就是苏东坡对于文章的见解了：“真僧只说家常话”“文到真时只是白”。

我们是文化大国，《诗经》的“风雅颂、比赋兴”为我们奠基了厚重的基石。而后来的文化巨擘、才俊精英不断地用自己的智慧精华，积淀了我们文化的山峰。我们的文化，诗词歌赋、小说戏剧、散文杂文，在世界文化殿堂里，都是一串串“当惊世界殊”的明珠。

这就是中国人的底气，这就是我们对于民族文化的自豪与自信！

那天和月红的舅舅聊天，他又兴奋地聊起了外甥女的书。这位退役老兵说，我已经和几个兄弟打了招呼，我们也要出本书，不管写得如何，都要写，把我们兄弟姐妹几个自小团结友爱、互相帮助、互相谦让的事情记下来，传下去。

这不就是一种正能量的传递吗？我们通常是要给子孙房子、票子、车子，而忽视了一脉良好家风的传递。现在我们已经成了手机的附庸，碎片文化、垃圾文化正在侵蚀、阉割着一个民族的元气。家庭生活也正在被手机化、网络化。

在仅存的世界文明古国中，我们中国算一个。为什么我们的文明能传承五千年而魂魄不散呢？答案很多。但有一个答案恐怕是大家所公认的，那我们的文明就是文化的传承，文化是一个民族传递有序的“脐带”。

我们有党风建设，有政风建设，更有家风建设。家风建设当是一件有积极意义的大事，值得琢磨，值得花些气力去引导，去扶持。

“讲好中国故事”，家庭故事正是“中国故事”不可或缺的元素。老子说“合抱之木，生于毫末；九层之台，起于累土”。“家”就是我们“生于毫末”的木，“九层之台”的土。

没有传承、没有信仰、没有定力、没有前瞻的国家没有前途；没有传承、不讲孝道、没有追求、没有前瞻的家庭，前途就是一幅没有色彩、没有生气的画。

2019年12月29日于江南磨坊书屋

（本序作者系中国音乐著作权协会会员）

心灵直白

春天田埂旁的野菜，夏季河塘里的小鱼，秋天熟透的香落灯，冬天灶膛前暖暖的火光，这就是我童年记忆馆里的四条屏水墨画。童年是四季分明的，穿过它们，那些欢声笑语、那些咬牙切齿、那些无可奈何都从画间浮出，由点连线，渲染成一幅幅童年的画。

有心理学家说：幸福的童年能治愈一生，而不幸的童年却要用一生去治愈。周围人都说我的童年是不幸的，经历了父母离婚与再婚，从此我的父母成了两个家。偏偏母亲却说我跟妹妹是幸运的，因为我们都跟了娘。民间有俗语：宁跟讨饭娘，不跟做官爹。其实幸福是一种感觉，所谓的幸与不幸也不是由别人来界定的，子非鱼，安知鱼之乐？

那么接下来请你以幸福的心态来阅读本书吧！

目录

第壹章 爷爷的爱 指引我们前行的方向

第贰章 有妹相伴 被笑与泪滋润的年华

目录

第叁章

童年美味　回味无穷

第肆章

母爱铿锵 披荆斩棘

目录

第伍章

外婆家 记忆里最温暖的港湾

第壹章

爷爷的爱

指引我们前行的方向

囡囡与二倌

我一出生，鳏居的爷爷就高兴坏了，一个大队里的自家门里人看到他高兴的样子，就给他泼凉水了："生了个孙女又不是孙子，叫你儿媳再生一个孙子吧！"爷爷得意地说："你懂啥，孤汉养孙，好似掘参，我盼这一天很久了，再说了，谁说男孩就一定有出息了，武则天还当女皇帝了呢。"看着粉嫩的我，爷爷嗲嗲地管我叫囡囡。

过两年母亲又怀孕，生出来一看，还是女孩，猜我爷爷是怎么说的？他说："呀！又来个'女皇帝'，一个国家两个女皇帝要出乱子的呀，要不、要不这个叫二倌吧！"爷爷一时语塞。可是等二倌大一点，她就不愿意了，非说二倌不好听，主要是因为我们隔壁队一个男生也叫二倌，她总说爷爷偏心，疼姐姐不疼她，为想办法让她安生，爷爷就打趣说："二倌就是第二个当官的意思。"她还是不依不饶的。

我给她想了个比囡囡还要嗲的称呼——小囡。"一国两制"，从此，爷爷叫她"二倌"，我就叫她"小囡"。

我19岁那年的冬天，爷爷永远地闭上了眼睛。

送爷爷走的那天，我和二倌相拥恸号。我感觉眼前的一切都湿漉漉灰蒙

父母之爱子，则为之计深远。

——《战国策·赵策》

蒙的，我的身体空荡荡的，连脚下的土地也是软软的虚虚的，我哭得浑身痉挛，晕倒在送爷爷最后一程的路上。乡邻们都知道我们的家庭情况，知道我们过着风吹浪打的日子，有人流着泪说，没见过孙女这么哭爷爷的，也不枉爷爷疼她们一场了。他们见证了爷爷蒲扇般的大手捧着软嫩多舛的我们的人之初岁月。

爷爷对我们的批评也是以表扬的方式进行的，我们的坐相、站相都是在爷爷的笑声里被矫正的，他为我们留下了良好的家风。还有，还有……爷爷坚韧的付出，带我们走过的那些艰难，现在已为人妇、已为人母的我们才理解这些付出的意义和永远的价值。

爷爷走了……

从此再也没人管妹妹叫“二倌”了，而我永远地在叫她“小囡”！爷爷的呼唤至今回响在我们的生活里，还带有爷爷体温的称呼伴随着我们走过每一个日子！

爷爷，您在那边好吗？我们怀念您……

割不断的血脉情

从二倌出生开始，母亲就被父亲各种嫌弃，只因父亲受传统思想生儿子传宗接代的影响，重男轻女的他开始对我们姐妹俩各种不顺眼。

二倌三个多月时已是个可爱的胖娃娃，可父亲却寻思着能不能把她抱养出去，这样可以再生一个儿子。那时候的母亲天天被父亲各种洗脑，年轻的她居然也答应了父亲的荒唐建议，父亲趁着母亲好不容易点头，说干就干，将二倌放在提篮里，母亲帮她换了一身新衣服，套上帽子，写好生辰条，托隔壁哥们上街送养掉，父亲还请对方吃了一碗排骨面以表谢意。无奈那天天气寒冷，上街人太少，等了半天也没人要抱养小孩，二倌被隔壁叔叔硬着头皮“退”了回来。这些事当然都是瞒着爷爷干的。

二倌一周岁左右又有人来“做媒”，要将她抱到附近的一户干部家庭，那户人家结婚多年也未生育，不知怎的被爷爷知道了，他将媒人骂得狗血喷头，又跑到干部家里恐吓，就算是抱了去也会要回来的，看这架式人家当然就不敢了，都知道爷爷虽不惹事，但谁要惹了他，那也是不好对付的主。

又过了一段时间，隔壁乡镇有一户人家家中生了个傻儿子，担心再生育也会是傻子，不敢生育的夫妇俩托人找到了我家，这回父亲做了充分的保密工作，二倌被抱走时避开了爷爷在家的时间，那户人家只带了几件小衣服，就匆匆把还在午睡中的二倌抱走了。

晚上，爷爷回家不见二倌，责问父亲二倌呢，父亲说不知道，爷爷一下猜到了儿子干的“好事”。“混蛋！虎毒不食子，你连畜生都不如！”爷爷气得哮喘发作，差点吐血。母亲一天不见二倌也后悔得要命，就告诉了爷爷媒人是谁。

爷爷拿起菜刀就冲进媒人家中，媒人见了急得红了眼的爷爷，吓得屁滚尿流躲进了屋内，她家小官人（丈夫的意思）还劝爷爷说：“老伯伯，一个小细娘（常熟方言，小姑娘的意思）呀，没啥不舍得，要是你儿媳妇以后给你再生了个大胖孙子，我看你要请我去吃喜酒都来不及呢！”“谁要请你吃喜酒，你今天不交出我家二倌，我今天就砍死你！”爷爷瞪眼举菜刀。“我说，我说，老伯伯，老伯伯，你不要激动啊！你砍死了我，你就找不到孙女了！”媒人小官人吓得语无伦次。

爷爷让媒人带路，媒人虽为难但也没办法，因路远，到那户人家的时候月亮已爬上树梢，媒人叫了那户的名字，门开了，只见二倌一个人坐在地上玩，爷爷看到二倌，冲上去抱起就跑，只听得身后媒人将那夫妇二人拦住做

哀哀父母，生我劬劳。无父何怙？无母何恃？出则衔恤，入则靡至。父兮生我，母兮鞠我。拊我畜我，长我育我，顾我复我，出入腹我。欲报之德，昊天罔极！

——《诗经·小雅·蓼莪》

解释。

爷爷从此出了名，远近十里八里的，再也没人敢打二倌的主意，就算父亲想送人也没人敢接手了。

二倌越长越漂亮，她可爱的小模样让父亲从心底也爱上了她，父亲脑子灵活，在1983年就与好友合伙买了船，做起了运输的生意，跑运输的时候往往会带上二倌，主要是二倌还没上学，而我已经上学，为此爷爷总是担心父母会把二倌丢到外地，在各种担心下爷爷放下狠话：要是二倌不回来，你们俩也别回来了。

有一次，父亲的船做了一笔运输啤酒的生意，船上载满了啤酒，浪稍大，水就会漫到甲板上。船驶入盐城水域的时候，父亲的船撞到了渔民的渔网，心虚的父亲担心别人发现，于是改绕内河走，他开足马力，船在内河里急驰，船周的水浪因此也涌动猛烈。父亲光顾着开船，没想他驶过的岸边停着一只小木船，上面有一个八十多岁的老奶奶在洗衣服，浪涌将她一下卷入河里，村民看她落水，边将她救起，边呼唤船上的父亲，父亲更害怕了，人生地不熟的，只知道一群人在岸上吼，也不知道说的是什么。父亲只顾一路向前开，开了十几分钟，船就被眼前紧闭的河闸挡住了去路，他，已无路可逃，无处可躲。后面的船已追上来了，盐城人将跳板往父亲的船上一搁，十几个男人就上了船，他们看到二倌，抱起二倌就走，其余人就如强盗般直接搬啤酒。母亲见状大哭起来，同行的还有父亲的合伙人，他在船上制止盐城人搬啤酒，父亲操起长篙顾不上货物，追着抱走二倌的盐城人，二倌被盐城人抱住了双腿，她的头朝下，靠在那男人的后背上来回晃动，二倌能看清后面追着的父亲和脚下的土路。父亲身高188厘米，绝对是男人中的男人，高大的身材加上良好的身体素质，让他没追多远就追上了盐城汉子，父亲一把从他肩上夺过二倌，转身想走，此时，当地的老百姓一下子围了过来，那人还想从父亲手中争夺二倌，看到争斗的他们，有人提议到村委会去解决这件事。最后在村委会的调解下，父亲以赔偿啤酒而和解。

这件事发生在二倌4岁的时候，她说学龄前的事她都不记得了，唯有她在那个盐城男人背上，父亲拿着长篙追击时的片断让她终生难忘。她还说是爷爷的爱让她留在了这个家，爷爷是最爱她的人，也是她最怀念的人，我想说我也感激爷爷，是他让我有一个好妹妹陪伴着我。

放学后

儿时的冬天是冰天雪地的，风如虎啸，大雪纷至，大地瞬间披上了一层白。

中午，风停了，雪过天晴，屋顶的雪在阳光的照耀下温度上升，慢慢融化为水，从屋檐上滴下来。午后时分，气温逐渐降到零度以下，屋檐上结满了如石钟乳般的冰柱，一排排的冰柱像西游记里东海龙宫里的帘子，夏天没吃够棒冰的我们总会张开嘴，伸出舌头舔上几口，还会掰下来玩。

虽然天气寒冷，可学校从不会因为天气恶劣而放假。

早上，我跟二倌是倾尽所有保暖设备出发的，穿上妈妈织的厚毛衣、保暖鞋，戴上手套、绒线帽子，背着书包，缩着脖子上学去了。等到傍晚放学，听到教室外狂风呼啸，回家的路瞬间变成要克服的困难，小伙伴们在教室门口齐声喊“一、二、三”后冲出教室，此刻，身上穿的毛衣像被戳了千百个孔，风径直钻到身体里，又如尖刀，割在我们的小脸蛋上，疼疼的。我们一路小跑，试图缩短在路上的时间。

冲进家门，我俩已经冻得瑟瑟发抖。“爷爷，爷爷！”我俩从门外喊进家里。

“囡囡、二倌回来了”爷爷接上我们的话。

“赶快、赶快，进来！”爷爷和平常一样坐在牛角藤椅上，我跟二倌丢下书包，坐到爷爷事先为我俩准备的小凳子上，我俩不约而同伸出两双几乎冻僵的手，伸进爷爷胸前的衣服里。

“今天真的冷得手要冻掉了。”二倌撒娇地说。爷爷把我俩的手拿出来：“两个囡囡冻坏了，伸里面一层。”说着爷爷把我俩的手都放到他贴身的内衣上，爷爷身上真暖和，我跟二倌的手瞬间暖起来，爷爷又帮我跟二倌的鞋脱了，让我们把脚放到他事先用木块烧好的脚炉上，把我俩搂在他的怀里。片刻，我跟二倌都暖了。

“爷爷，我们不冷了，”我说。

“嗯，我去捂黄酒，再烧个热汤就吃饭了。”

爷爷倒出他烫热的黄酒，二倌非得坐在爷爷的腿上吃饭，就凭着她比我小，每次爷爷的腿都属于她，算了，想着她不在家时爷爷的腿也属于我，就不跟她计较了。爷爷边喝酒，边夹菜给我俩，我俩也给爷爷夹菜。“两个活宝！”爷爷总是露出满足的微笑。

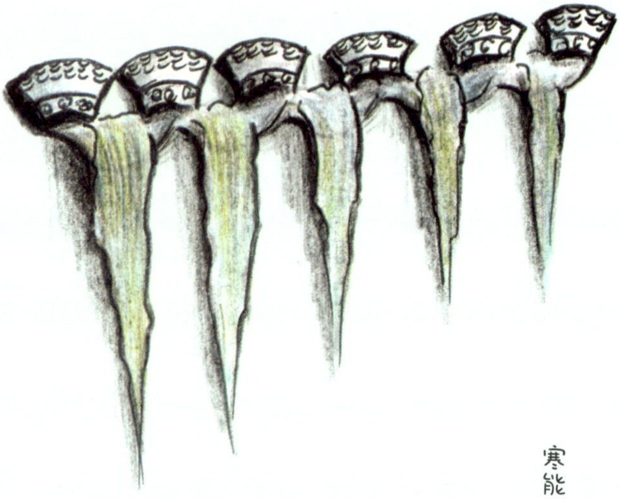

相怜之道，非难情也，勤能使逸，饥能使饱，寒能使温，穷能使达也。

——《列子·杨朱》

今晚，爷爷烧了咸菜肉丝汤，肉丝都沉在碗底，我俩为了抢吃肉丝，用筷子来回地捞。

“囡囡、二倌，要不，你俩挽起裤管下去摸吧！”爷爷严肃地说，听到爷爷这么一说，我俩面红耳赤，停止了捞肉丝。

“坐要有坐相，站要有站相，吃要有吃相，总之要有淑女相。”爷爷又开始对我俩进行教育了。

母亲总说爷爷太宠爱我俩，从不舍得骂一句，爷爷却说：“不听话的孩子才要用骂，两个囡囡都是懂道理的孩子，用不着骂。”听到爷爷这么一说，我俩总感觉自己真的就是懂道理的孩子。

记忆里从小到大，爷爷从没骂过我们一句，他总是用时而“讽刺”，时而幽默的方式来教育他的两个囡囡。现在，两个囡囡也长成了他期待中的样子。

孝是什么？

爷爷总爱给我们出题目，且一时不给答案，这让我跟二倌既喜欢爷爷出的各式各样新奇的题目，又因为苦思冥想找不出答案而烦恼。爷爷出的题，我们多数都猜不到答案的，因此盼答案的那几天就变得特别漫长。

秋天来了，日头变短了，夕阳映透了半边天，再美的风景也没有爷爷给我们出题和讲故事来得有诱惑。放学回家，我跟二倌帮着母亲做晚饭。广播里的广播剧《刑警803》听得让人紧张，每次差不多播完，我们的晚饭也能上桌了。饭后，我跟二倌围在继续喝酒的爷爷身旁，请求他讲故事给我们听。

“今天不讲故事，要给你们出一道题。”爷爷说。

“好呀好呀，爷爷，今天能不能简单点？”二倌恳求爷爷。

“今天这道题很简单。”爷爷呷了一口碗中的黄酒。

“什么题？”我问。

“你们说，子女对父母最大的不孝是什么？”爷爷夹起一块豆腐干。

“不给他们饭吃。”我不假思索地回答道。

“不对！”爷爷说。

孝子之至，莫大乎尊亲。

——孟子

“不给他们住的地方。”二倌抢答。

“也不对！”爷爷摇头。

“不好好学习，不乖乖听话。”二倌自信地说。

爷爷还是摇头。

“不帮大人做家务。”我说。

“这样吧，我给你们三天时间，只要你们想到答案，都可以来回答。”爷爷放下酒碗说。

打父母、不给父母看病、有钱不给父母花……总之我们把能想到的答案都想了个遍，可爷爷还说不对。

“爷爷，你不要卖关子了，你告诉我们吧!”二倌哀求他，可他就是不说。

终于，漫长的三天到了。

“爷爷，你赶紧说吧！”我们一放学回家，就求着爷爷公布答案。“不着急，等吃完晚饭，我自会公布答案。”爷爷不紧不慢地说。

饭菜刚上了桌，我跟二倌就狼吞虎咽吃起来，只一小会儿就把饭吃完了。

“我今天也不喝酒了，因为这个答案很重要！要给你们说清楚你们才懂的。”

说完，爷爷让我俩坐在小凳子上，他坐在藤椅里，跟我们开聊。

“爷爷要告诉你们，对父母最大的不孝是伤害自己的身体！”爷爷公布了答案。

“怎么会呢？”我不能理解，二倌也一样。

“你们想，你们有了事，你妈急不急？囡囡你发烧了，二倌你触电了，最急最难受的是谁？”爷爷反问我们。

“是妈妈。”我们齐声。

“不对，还有爷爷。”我补充说。

“这就对了，父母爱子之切，则盼其健康成长，我们来一趟人世不容易，所以我们要学会珍惜，以后我们的人生中无论遇到什么事，也不能轻视自己的生命，要知道你的身体是父母给的，它不完全属于你！”爷爷郑重地说。

“嗯！”我俩心服口服，第一次对生命产生了敬畏！

爷爷又补充道：“要是努力上进，超越父母，并对父母敬重爱戴，这乃是大孝。”

爷爷教我们过桥

我的姑姑嫁得近，离我家也就一公里左右的距离，星期天、节假日，爷爷总爱带上我跟二倌去串门。

端午节将至，姑姑早几天就对爷爷说，让他带上我俩去吃粽子，还要做肉馅汤圆。有好吃的我们自然期盼着这一天快点到来。

这一天终于到了，一早爷爷就对我们说：我看囡囡跟二倌已经具备了过桥的能力，今天我们要抄近路去姑姑家，但必须要过一座独木桥。我们来到桥边，所谓的桥是用几根弯弯曲曲的水杉木并排在一起，木头粗细不一，在木头之间有的还被钉上了木条，有的地方则是系了草绳，木头上还有新鲜的泥巴，有几根木条已经断裂，看上去来往的人还真不少。木桥的下方是一条活水河，河水潺潺，从桥上往下看，湍急的河流吓得我跟二倌腿直发软。

爷爷走在前面，我跟二倌呆立在原地。“囡囡，二倌，你俩不要往下看，往前走！”可我跟二倌摇摇头，还是不敢。

“趴下！”爷爷指挥我俩。

“为什么要趴下？”我俩疑惑。

“爷爷告诉你们，在远古时代，人类跟其他动物一样，也是靠四肢爬行的动物，那时候的祖先会爬树、会游泳，跋山涉水对他们来说根本不算事，现在我们暂时回到原始社会，也学他们用四肢爬行，这样就容易过去了！”

“嗯！”我俩对爷爷的话深信不疑。

“我先来！”二倌俯下身，趴到地上，往桥上爬去，我紧跟其后。

“小眼睛往前看，不要往下看！”爷爷在前面重复着这句话。

“啪”桥上有一根小竹枝掉到了湍急的水流里，一下就被冲走了。

“不要往下看，马上到了！”爷爷已到对岸。

我闭上眼睛一动都不敢动，吓得呜呜哭起来，可又不敢大哭，怕动静大了掉到河里去。

“囡囡，你哭一下没事啊，哭了经络就通了，过河也就没问题了！”爷爷站在桥头对我喊话。

“姐姐，我到了，没事的，你往前爬，马上就到了！”二倌朝我喊。

听到爷爷的劝说加上二倌的鼓励，哭了一阵，我真感觉轻松了好多，昂起头，继续硬着头皮紧紧抓住木棍往前爬。

终于也到了岸。

走了约五百米，姑姑家就到了，果然，比平时少走了大约一半的路。

“爹爹，你带两个妹妹来了！”姑姑在搅汤圆馅，看到我们祖孙仨热情招呼。

“爹爹，你帮我烧火。英英（姑姑的女儿）跟几个小孩都在楼上，妹妹，你们去楼上玩。”姑姑安排着我们。我俩来到二楼，小亲戚们都来了，他们打成一片，在一起做游戏呢，对我跟二倌的到来全然没注意，我跟二倌两个坐在沙发角落里，看着他们个个穿得光鲜亮丽，再看看自己黯淡陈旧的

人的生命的洪水奔流，不遇到岛屿和暗礁，
难以激起美丽的浪花。

——〔苏〕奥斯特洛夫斯基

衣服，自卑感一下子涌上心头。

“大姐、二姐，来参加我们的游戏吧！”英英发现了我俩。她们正在玩模特游戏。

“你们玩吧，我们看看！”我说，二倌也点点头。

“两个妹妹下来一下！”姑姑在楼下喊。

我跟二倌来到楼下，姑姑从一个大袋子里拿出一堆花花绿绿的衣服，让我俩试，衣服都是姑姑问别人要的穿剩下的，有裙子，有外套，春夏秋冬不分季节。我跟二倌两人不肯脱衣服试，姑姑说试一下没事的，可我俩就是不肯脱，僵在那儿。

“爹爹，今天怎么搞的，两个妹妹试衣服都不肯！”姑姑向爷爷告状。

“唉，小新新（姑姑），今天两个囡囡是过木桥来这里的，可能吓得厉害，所以这样，我等会儿把衣服拿回家让她俩试！”爷爷帮我俩打圆场。

其实爷爷知道我俩为啥不肯脱衣试，因为我俩的内衣上都是洞跟补丁，羞于示人。

吃完粽子和团子，爷爷拎上一大包衣服，祖孙仨就踏上了回家的路。

“囡囡、二倌，以前姑姑小的时候家里很穷，穿的棉袄常常棉花都出来了，如今她过上了富裕的日子，也是靠她聪明能干，但是我们家两个囡囡我看是要胜过姑姑的，将来的日子肯定过得比她家还要甜。”为什么爷爷总是这样知心。

就是这件事影响了我以后的穿衣习惯，工作后，条件好了，时下流行破洞衣、破洞裤，甚至有的领子也是破的，对这类服装我完全无法接受，总觉得破洞是贫穷痛苦的象征，再也不想有这些感受。

黑夜行动

“囡囡、二倌”，迷迷糊糊中听到爷爷轻轻的喊声，“起床，吃面去了！”爷爷继续道。

才早上四点多，四周一片漆黑，爷爷就要带我们上街去吃面了。这是昨晚我们爷孙仨约定好的事。

我听到爷爷的轻声叫唤，推推还在睡梦中的二倌：“二倌，二倌，爷爷带我们去吃面了！”

黑暗中，二倌也起身穿衣服，我俩摸黑走下楼，这件事是万万不能让父亲知道的，重男轻女的父亲不让爷爷带我们出去，也不允许他宠我们，无奈的爷爷只得想办法避开他的儿子，摸黑带走我俩。

我俩熟门熟路来到一楼爷爷的房间里，爷爷的房里也没有开灯，我先进门，二倌在后。

“囡囡”，爷爷的大手一把就摸到了我。

“嗯，爷爷。”我回应着爷爷。

“爷爷，爷爷”，二倌也轻声叫爷爷，让爷爷知道她也来了。

“哦，老二倌也来了。”爷爷应着二倌。

【原文】

主人自食大鱼，却烹小鱼供宾，误遗大鱼眼珠于盘，为客所觉。因戏言：『欲求鱼种，归蓄之池。』主谦曰：『此小鱼耳，有何足取。』客曰：『鱼虽小，难得这双大眼睛。』

【译文】

有个人自己吃大鱼，却做小鱼给客人吃，一不小心把大鱼的眼珠留在盘子里，被客人发现。客人开玩笑说：『想要这种鱼，放在鱼池里。』主人谦虚地说：『这个是小鱼，有什么值得要的。』客人说：『鱼虽然小，但是难得有这双大眼睛。』

——《笑林广记》

“囡囡，我来帮你梳头，不过，你今天要忍一下，梳子找不到了，我到后面洗衣台上拿了把刷刷头。”爷爷严肃地说。

“啥？刷刷头？”刷刷头是用来刷鞋的木板刷。话音刚落，刷刷头就上了我的头。

“痛，爷爷，我不要梳头了。”我拒绝。

“这不行，女孩子门面最是要紧，到什么时候也要打扮得漂亮、得体。”一向温顺的爷爷不顾我的疼痛与抗拒，继续给我梳头。

“能不能梳快点？”我只得强忍着。

“不要多想，一会儿就好了”爷爷继续帮我梳。

“二倌，你来，我家二倌的短发，三两下就能梳好的。”黑暗中爷爷拉过二倌给她梳头，二倌一声不吭，果然，她比我吃疼。

梳完头，我们爷孙仨就出发了。路上一片黑，只有天上的星星是亮的。“今天初一，月亮也没有，拉住我，不要走到坑里了。”爷爷走在中间，我跟二倌左右两侧拉住爷爷的衣角，祖孙仨在黑夜里前行。

“爷爷，我走不动了。”二倌不肯走了。

爷爷蹲下身来，二倌就跳到爷爷的背上，走了一段，爷爷说：“哎哟，不行了，我的背要断了！”

“我下来，我下来！”二倌担心地从爷爷的背上滑下来。

“囡囡是姐姐，最乖了，能自己走了。”爷爷喘着气说。我从不叫爷爷背，上街要5公里的路程，小小的我都是靠自己双脚走去的。

“爷爷，爷爷，我走不动了。”二倌又发嗲，就这样背了二倌两三回，街上到了。

天微微亮，我们来到面馆，几张八仙桌上已零散地坐着几个客人。

“荣荣，今天搭孙女来吃面！”老板热情地跟爷爷打招呼。

“嗯嗯，今天搭她们一起来。”爷爷微笑着。

“今天准备吃点啥？”老板问爷爷。

“素面，红汤面，重面啊，面一定要多啊，两个小孩呢，再来一碗黄酒，帮我拿两只空碗。”爷爷仔细关照老板。

“好好，你们八仙台上坐，等一会儿就好！”老板往厨房走去。

果然是一碗重面，面高出了汤，翠绿的葱花漂浮着，让人食欲大振。我俩一人一只小碗，爷爷将大碗里的面条往两只小碗里捞，捞好再倒一点汤。我跟二倌就迫不及待地吃起来，这个面真是鲜香，三下五除二，只一会会儿，我俩就把小碗里的面吃了个底朝天，连一滴汤都不剩，爷爷继续帮我俩捞。面碗里只剩两三筷子面了，爷爷只管喝黄酒也不吃面。“爷爷，你要没面吃了。”我说。“没事，没事，你们只管吃啊，肚皮要吃饱的，你们吃饱了，我就饱了，再说我回去还可以吃粥的。”馋劲让我俩继续吃，已顾不上爷爷吃不吃了，美味时光如此短暂，一大碗重面硬生生让我俩吃了个精光。

“要油石灰（油条）吗？”一个卖油条的大妈进来叫卖。

“要一根。”爷爷掏出钱来叫住她。

“老伯伯，两个孙女好漂亮，怎么只要一根油石灰?”大妈讨好地说。

“她们吃得差不多了，一大碗面已下肚了，你么真是有眼光，我两个孙女么真的是漂亮！今天就买一根，下回再照顾你生意啊。”爷爷摸着我的小辫得意地说。

二倌打了个饱嗝，只咬了一小口，实在是吃不下了。

“看来，我家老二倌今天吃面吃到颈脖处了，囡囡，你吃。”爷爷把油条递给我。我看看什么也没吃的爷爷：“爷爷，你吃，我也吃饱了。”爷爷蘸着仅有的一点面汤，就着酒津津有味地吃起来，我跟二倌就在面馆里玩。

吃完，天已大亮，爷爷依旧背二倌，我则跟在后面。

“老二倌，你吃了多少面，怎么这么重呀？”爷孙仨走在返家的路上，春风正暖，我们真幸福！

靠到了

无风无雨也无晴，乍暖还寒，南方三月的天气时暖时冷，不管天气如何，我到市区读中专依然是骑自行车前往。这年，我已经18岁。爷爷的哮喘病愈发严重，常常要住院治疗，反反复复的病情已将他折磨得瘦骨嶙峋。

因为无人照料他的生活起居，姑姑决定把他带到身边。姑姑是当地小有名气的私营企业家，家境殷实，她虽然平时自己没时间照顾老父亲，但请了阿姨专门负责爷爷的生活起居，爷爷的晚年生活得到了十分周到的照顾。那时爷爷大部分的时间都在姑姑家度过，只是偶尔回家。

我在读的学校常熟卫校，位于市郊青墩塘路，姑姑家市区有房子，每次返校骑自行车上学，只要爷爷在姑姑家，我是必定要去的。

爷爷见到我来了，赶紧拿出他那只印有嫦娥奔月的铁制月饼盒子，让我随意挑选里面的食物，说喜欢吃啥就吃啥，饼干、水果、蜜饯，应有尽有，当然还有事先准备好放在袋子里的，让我带到学校慢慢吃。

咦！情人梅，这又是什么新式零食呢？我打开包装盒，一颗酸甜可口的梅子入口。“真好吃！第一次吃到这么好吃的蜜饯！”我对爷爷说。

“可惜吃剩就两粒了，也怪我嘴馋！”爷爷见我喜欢吃，自责地说。

《好大一棵树》作词：邹友开

头顶一个天
脚踏一方土
风雨中你昂起头
冰雪压不服
好大一棵树
任你狂风呼
绿叶中留下多少故事
有乐也有苦
欢乐你不笑
痛苦你不哭
撒给大地多少绿荫
那是爱的音符
风是你的歌
云是你脚步
无论白天和黑夜
都为人类造福
好大一棵树
绿色的祝福

你的胸怀在蓝天
深情藏沃土
头顶一个天
脚踏一方土
风雨中你昂起头
冰雪压不服
好大一棵树
任你狂风呼
绿叶中留下多少故事
有乐也有苦
欢乐你不笑
痛苦你不哭
撒给大地多少绿荫
那是爱的音符
风是你的歌
云是你脚步
无论白天和黑夜
都为人类造福

“还有一粒我带回给馋嘴二倌吃。”我把盒子内仅有的一粒情人梅连同盒子一块儿往书包里装。

“下周你来拿，我叫你姑姑去买。”爷爷说。

那颗情人梅，没等到周末，我终因经不起诱惑，把它吃了。我还在心里自找理由：没事，反正爷爷下次还会买，大不了下次让她多吃几颗。

周末我如约去了姑姑家，一进门姑姑就问我：“你今天是不是来拿情人梅？”

“是呀，是不是爷爷告诉你的？”我回应姑姑。

“他才不会告诉我，他一会儿想吃八宝粥，一会儿想吃皇室麦片，现在又想吃情人梅，唉，我就知道不是他要吃。”姑姑边说边摇头。

“囡囡来了！”爷爷在里屋午睡，听到我的声音，起床出来。我走到屋内，看到喘息的爷爷一手扶住门框，停靠在那里，我急忙走过去扶住他。

“小新新，等会儿你早点烧晚饭，看看有没有什么菜让囡囡带点去。”爷爷吩咐姑姑。

“太阳还是这么暖，囡囡，你帮爷爷把洗脚盆拿出来，我要到院子里晒太阳、泡脚。”爷爷指挥着我。

“好。”我拿出洗脚盆、热水壶、毛巾以及爷爷坐的凳子，倒上开水，兑入凉水，试好水温，让爷爷把脚放到洗脚盆内。

“囡囡，你帮我腿上都拖拖、洗洗。”我就帮他挽起裤管，用毛巾带水帮他拖洗。

“太舒服了，我荣荣也靠到孙女了！”爷爷自言自语。

“再帮我剪个脚趾甲吧，我现在眼睛也花了，总是瞎剪，有时候能剪出血来!”爷爷今天的要求还蛮多。

“好，好。”我连声答应着，帮爷爷擦干趾甲，把他的大脚安放在我的腿上。这也是我第一次注意到爷爷的脚，他的脚掌特大，脚趾如枯树枝，个个脚趾都分得特别开，脚趾甲浑浊增厚，显然已患了灰指甲。

“爷爷，你的脚穿几码？”我问他。

“44码。”爷爷说。

“难怪看着这么大。”我很惊讶。

“你还说我，你的脚不就是像我，也大。”爷爷笑着说，“连脚趾头也跟我的一模一样，亲生的，看来假不了。”爷爷一时得意。

我开始为他修剪，爷爷的灰指甲剪起来真是有点费劲，幸好泡了很久，要不然根本没法剪。

我们边剪边聊天，两只脚终于费劲地都剪完了，我的手也因为握着大剪刀太久，酸酸的。

“好像我很久没抱囡囡跟二倌了！”爷爷感慨道。

“我都18了，二倌也16了，不要抱了。”我对一时糊涂的爷爷说。

爷爷一把搂住坐在小凳子上的我，我把头靠在爷爷的腿上，爷爷摸着我的头，时光仿佛穿越到我跟二倌放学后的傍晚，我们也这样靠在爷爷的身上，不同的是，爷爷现在由于哮喘，喘息声变得粗重。我顿时心里一阵酸，暗暗想，以后一定要出人头地，努力挣钱孝顺他，让他能真的靠到我们。少不更事的我没想到这已经是爷爷跟我们在一起的最后时光了，一年后爷爷永远地离开了我们。

家风家训故事两则

“食不言，寝不语”“忧生病，乐体健”“出必告，返必报”“笑不露齿，身体发肤受之父母，当珍惜”。我跟二倌小时候总是受到爷爷的各种传统家庭教育。

（一）忧生病，乐体健

“我家囡囡跟二倌长得最漂亮了，脑子也特别灵，手也巧……”从小我跟二倌都自信满满，因为我俩是在爷爷的夸赞声中成长起来的。

有一回，我穿了一件破旧的衣服，队里的好婆说我真难看，就没见过这么难看的小孩。我伤心极了，回家把事情告诉了爷爷，爷爷怒形于色：“谁说的？说我家囡囡长得难看，信不信我揍他！”第一次看到爷爷发凶的样子，我害怕得有点不认识他了。爷爷又说：“真的是瞎了眼了，难看？我倒要看看她家小孩长什么样？有我的囡囡漂亮吗？”爷爷看着我怯怯的表情，语气迅速变得缓和：“哎，我差点中招了，你看，别人说你不好看还不是为了让你不开心，你不开心了，别人的目的就达到了，我就是不让他达到目的，哼。反正我知道我家囡囡好看就行了，他觉得好不好看无所谓啦！”爷

幼不学，老何为？玉不琢，不成器；人不学，不知义。为人子，方少时。亲师友，习礼仪。

——《三字经》

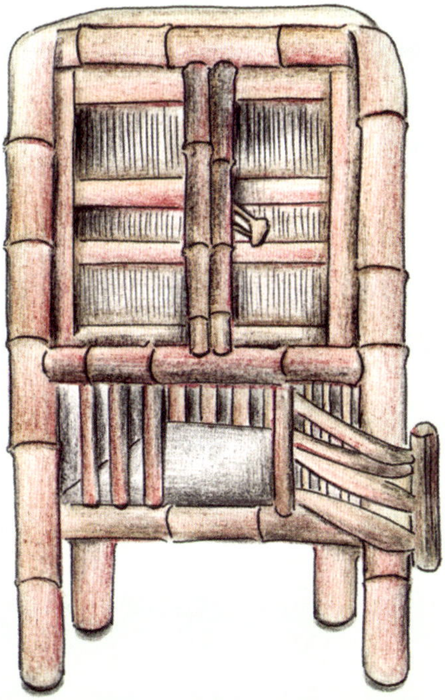

爷脸色迅速由阴转晴，竟哈哈大笑起来。忧生病，乐体健，欢乐和忧愁都是自我的啊!

（二）出必告，返必报

我和二倌结婚后，相继得了结婚不适症，主要表现在不习惯先生家的生活方式。按照多年养成的习惯，我俩真正做到了“出必告，返必报”。出门之前我们一定会向家人交代清楚去干吗了，和谁一起，大约什么时候回来。回到家我们又会向他们报平安，我们都已经到家了!

一开始我这样做的时候，公公婆婆都觉得很麻烦，他们会笑着说：“你出去就出去了，不用向我们汇报。”但习惯可不是一朝一夕改得了的，我依然“出必告，返必报”，改不掉这个深入骨子里的习惯。有时候公婆问我先生呢？刚刚人还在，去了哪里了呢？我说我也没注意到呀，于是打电话，或是在屋内找，一阵忙。也许是次数多了，也许这个习惯真的很好，以至现在公婆也养成了“出必告，返必报”的良好习惯。我跟先生如果有与同事、朋友聚餐之类的活动也会提前一天告诉公婆，这样好让他们少做饭菜。这些都成了我带到这个家里的好习惯。

爷爷还教导我们吃饭时要专心致志，不能说话，更不能笑，而且吃饭要吃七分饱，常带三分饥与寒，病痛不会找上门。多一口饭就留给鸡吃吧，鸡吃了还能生个蛋，你自己强吃了既伤身又伤胃还生不出蛋。

爷爷的好多教诲都影响我至今，三岁定终身，果然，一个人小时候的习惯是很难改变的，特别感谢爷爷的这些教诲让我度过了生命中的坎坷与磨难，让我更坚强。

第贰章

有妹相伴

被笑与泪滋润的年华

人工电扇

20世纪80年代的农村，停电是常有的事，炎热的夏季，家中仅有一台电扇是能消暑降温的神器。

为了省电，大人们轻易是舍不得开电风扇的，电扇只在睡前定时吹一会儿。烈阳西下，气温却更加闷热了，爷爷就提着木桶从井里打上水来，将一桶又一桶的井水浇到水泥地上，水泥地瞬间发出“嗞嗞”的响声，伴随着响声，地面上冒出一个个小气泡，它们像极了汽水倒在碗里时附着在碗壁上的气泡。爷爷浇下第一桶水，我跟二倌就迫不及待地光着脚丫上阵了，水泥地还是滚烫的，我俩像刚入锅煎的小鲫鱼，不停地在地面上跳来跳去。

“囡囡、二倌等一下，地面有热毒泛上来的，等我浇好水你们再上去”，爷爷的劝说从没奏效过，我跟二倌光着脚丫继续在水泥地上疯。

一桶接一桶的井水接连着往水泥地面泼去，我跟二倌走到爷爷面前，让爷爷把井水直接浇到我们脚上。“井水凉，会得关节炎的”，爷爷绕开我们，继续往水泥地上泼水，水泥地面慢慢冷却下来，小气泡也不见了。

“二倌，跟姐姐两个活宝扛桌子去。”爷爷对着我跟二倌一声令下。我与二倌就从屋内将小桌子抬到水泥地中央，爷爷已经准备好了一个大木盆，在盆内倒入五六桶井水，我跟二倌抬着桌子直接就架到这盆水的上面，水盆内的井水散出阵阵凉气。妈妈已经烧好了晚饭，她把饭菜都端放到桌子上，一家子围坐在一起吃晚饭。

饭后，妈妈收拾完碗筷，左邻右舍都集中到我家的水泥场地上来乘凉，我跟二倌在爷爷的房间里洗澡，姐妹俩同坐在一个木盆内。“徐虹（我的曾用名）和小二呢？”听到小伙伴们的声音，二倌对爷爷说：“我好了，我洗好了。”“老二倌不要动，你脖子里还都是皴。”二倌不干了，“我不要搓，我不要搓”，就这样出浴了，爷爷让她坐在事先准备的小凳子上，我依次出浴，也坐在爷爷安排的凳子上，“抬头”，我们姐妹俩一起抬头，爷爷帮我们擦痱子粉，“手抬起来”，于是，我俩几乎成了半个面人。

大人们早已三三两两摇着蒲扇，天南地北地聊着，但多数是聊农田里的庄稼，你家有没有拔稗了，你家有没有打农药了之类，我跟二倌、邻居小伙伴们一会儿躺到桌子上，一会儿又相互追逐打闹，甚是开心，爷爷在旁边喊“澡都洗了，千万别再出汗了”。

大人们聊够了，小孩们玩累了，人群渐渐散开，我们刚到房间准备入

曝背晴沿下，呼孙戏膝前。耄年朋辈少，赖尔伴余年。

——〔清〕瞿时行《弄孙》

睡，偏偏这时候停电了。

农历七月半左右，民间有火烧七月半的说法，以此来形容天气的炎热，这种热像到了蒸笼里，能把人热晕。

“又是停电，怎么睡呀？”妹妹噘起嘴。

“要不然我们来做个人工电扇吧？”我提议。

“怎么做呀？”妹妹疑惑地看着我。

“你扇我100下，然后换我扇你100下。”我说。

“不行不行，你先扇我100下，然后我再扇你100下。”妹妹头一撇。

“好吧，行。”我说。

于是妹妹躺在床上，我站在床尾，“1、2、3、4、5、6……”我边扇边数，“100，到了。”

“怎么这么快呀，”妹妹不高兴，“能不能加10下？”

“1、2、3、4、5、6、7、8、9、10。”

换妹妹扇我了。

“1、2、3、4、5、6……”妹妹认真地数着。咦，太凉爽了，劳动之后的享受。“65、66、89、90、91、100！”狡黠的妹妹又开始投机取巧了，跳过好几十个数，算了，不跟她计较了，谁让她是我妹妹呢！就这样我俩轮流扇着，不知道扇了多少回，也不知道怎么入的眠。

渎　职

春风和煦，阳光明媚。小鸟在树上欢快地歌唱。

春天，也是开始忙农活的时候，午饭后，忘了二倌为什么一定要午睡，只记得母亲给我安排了哄妹妹睡觉的任务后，她就上田间干活去了。那时二倌年纪尚小，刚上大班，我也才上二年级。

先跟妹妹玩了一会儿，就准备哄她入睡。

“我家二倌乖，躺小窠篓里了，二倌一个人的窠篓，谁也轮不到睡这。”我学着大人的模样哄二倌。

二倌垫个小凳子，自己爬进窠篓里。

“我家乖二倌要困觉啰哦，摇摇、哎哎……”我唱起了摇篮曲。可二倌的眼睛依然睁得大大的，看样子毫无睡意。

“姐姐，我要吃饼干，吃完饼干就睡。”馋嘴二倌提要求了。

“快把眼睛闭上。”可二倌根本不听，我就用小手把她的眼睛强行粘牢。

“我要吃饼干，我要吃饼干，我不要睡觉，我不要睡觉。”二倌使劲推开我的手，边推边哇哇大哭起来。

没办法，我弄不过她，只得去爷爷房间拿姑姑买的饼干给她吃。

老牛还舐犊，凡鸟亦将雏。

——《璩授京兆府参军戏书以示兼呈独孤郎》

吃了一片还要一片，不知道吃了多少片，她的肚皮用母亲的话说是通海的，真的是一点也不错，直到饼干全部吃完，她才心满意足甜甜入睡了。

二倌刚睡，邻居小伙伴们就来找我玩，我看着睡得沉沉的二倌，心想她一时半会儿也不会醒，就把她一人撂在家中，跟小伙伴们疯玩去了。

玩到下午三点多，虽然做游戏很嗨，但看看时间差不多了，估摸着二倌要醒了，责任意识提醒我不能跟她们玩了，只得提前回家。

“呜哇、呜哇……”还没进家门，远远就听到二倌在狂哭。

“二倌，二倌，你怎么了？”我冲到她的小窠篓旁，关切地问她。

二倌拿开捂着鼻子的手，止不住地哭，我一看，她的鼻子上都是血，蒙了。“哎哟，我家二倌怎么了？”母亲也从田里回来了，见到满脸是血的二倌。

二倌抽噎着向母亲告状，说我不陪她睡觉。母亲看着满脸饼干屑的二倌，分析道：唉，“八斤王”大公鸡真是的，我家二倌的脸肯定是让大公鸡当成鸡食盆了，大公鸡趁二倌睡着的时候啄了二倌鼻子上的饼干屑，二倌就疼得哇哇大哭，大公鸡被她吓跑了，还有的饼干屑也顾不上吃了。

“都怪姐姐!”二倌愤愤地说。母亲说这回不能怪姐姐，要怪只能怪你太馋了。

晚上，爷爷干活回到家，听到“八斤王”啄了他的二倌，火冒三丈，从鸡舍中拉出“八斤王”斩立决，并炖成汤。吃着鸡肉，喝着鸡汤，爷爷对二倌说：“二倌，你鼻子上的肉爷爷给你补回来了啊。”

爷爷也真是的，跟“八斤王”较劲，俗话说杀鸡给猴看，我爷爷却杀鸡给二倌吃。

“皇母娘娘”家摘番瓜花

放暑假了，二倌又评到了“三好学生”，而我只得了个“优秀学生”。在提倡小学生“德智体美劳”全面发展的教育理念下，我的体育成绩老是拖后腿，为此，我常常无缘“三好学生”，自然在妹妹面前也就矮了一截。

不过，暑假过了两三天，这些由体育成绩带来的烦恼就被抛到九霄云外了，好像每天都有干不完的事，烧泥家家饭、采菱、做“棒冰”、做游戏……

吴燕是我们一个队的小伙伴，又是二倌的同学，我出生那年我们队里只出生了两个孩子，一个当然是我，另一个是男孩。但二倌出生那年，队里一共出生了2男4女，因此队里都是她的同学，也经常在一起玩。

今天小伙伴们约好了去吴燕家看动画片《希瑞》，吴燕家的电视机与农村其他家庭一样放在二楼的主卧内，卧室正中间的房礼台（方言，即现在电视柜与收纳柜的组合）上立着一台黑白电视机，电视机的两旁，红色玻璃花瓶里分别插着一束五颜六色的塑料花，在绿叶的衬托下十分好看。

“这两瓶花真好看，比真花还好看呢！”我由衷赞叹。

“我妈昨天刚洗了一下，灰尘没有了，所以颜色更俏了。”吴燕骄傲

孩子们无忧无虑的笑声，犹如一股淙淙流动的泉水，把那陶醉于生活魅力的动人的欢笑，送上了生活的祭坛。

——〔苏联〕高尔基

地说。

“我家一瓶花都没有，真想也有瓶花。”女孩子爱美的小心思都是一样的。

看完电视，回家吃完午饭，姐俩照例要午睡，我对二倌说：“二倌，你想不想我们俩的房间里也摆一瓶花？”

“当然想，可想也没有呀！”

“我倒有个办法，可以把房间布置得比吴燕家还美。”

“什么办法？”二倌一脸疑惑。

“采花。”我说。

“上哪采花呢？”二倌追问。

“出去看看。”其实我心里也没底。

姐俩已激动得顾不上午睡，跑出门，一路也没看见一朵花。

“采不到，回去吧。”二倌不耐烦地说。

“哇，那里不是有一大片的花吗？”我指着远处一片金灿灿的花地，雀跃起来，走近一看，“这个好像不是野花，像种植的。”我为难地说。

“管他呢！”二倌说。

这些花的个头很大，一朵就有一只手掌大，每人采了四五朵，手里就拿不下了。

“我们回家拿篮子去吧！把花装在篮子里可以采更多呢！”我建议。

“嗯，好。”我俩一路小跑回家拿篮子，生怕别人捷足先登了。聪慧的二倌顺便还拿了剪刀，一朵、两朵、三朵……一篮花儿一会儿就放满了。

“姐姐，你提篮。”二倌又从地里摘了几朵递给我，让我一手提篮，一手拿花。她的两手也拿满了花。

“让我们荡起双桨，小船儿推开波浪……”姐俩一路欢唱回家，心里别提有多高兴了。

这么多花放哪里呢？家里又没有花瓶，我俩开始商量各种摆放方案，第一种方案，把它们放到洗脸盆里，但花茎太短，它们的头根本伸不出脸盆，方案一以失败告终；方案二，齐刷刷摆在书桌上，可是花朵太大，无法侧摆，东倒西歪无造型的花儿效果真是丑爆了。

“要不，姐姐，把花放在里床床栏上吧！”我们的床是靠墙放的，靠墙的床边有约高出床身30厘米的护栏，我俩将花茎插到墙与床之间的缝隙里，花一朵朵整齐排列在护栏上。你能想象出这种震撼的效果吗？

摆好，我俩争着躺到床上，二倌说，电视里皇后娘娘的床都没有我们的好看呢！

“小兰，小兰！”楼下门外一阵怒气冲冲急促的吼声，叫唤着我妈的名字。

我俩在楼上，听到我妈跑着从屋内迎出去。

“陆小兰，你们家两个小祖宗呢？是不是到我田里去采了番瓜花？”“皇母娘娘”质问我妈，光听这个名字就会知道她是何等厉害的角色了，因为生性剽悍，人送外号“皇母娘娘”。

“不知道，不会吧！”母亲的回答明显底气不足。

“徐虹、小二，你们给我滚下来！”母亲扯高了嗓门朝楼上喊。

我俩吓得胆战心惊躲在房里不敢下楼。

母亲见没有下来的动静，急匆匆地跑上楼，后面紧跟着的就是“皇母娘娘”，她俩一进门，“皇母娘娘”就看到那排漂亮的、生机勃勃的番瓜花，她咆哮起来：“哎呀！我家今年的番瓜，万人招厌的，全被这两个小赤佬毁了。”母亲认错赔不是地说：“我来赔，我来赔。”“还怎么赔？”“皇母娘娘”气急败坏地跺脚离去。

“说，这是谁想出来的？”母亲坐在床沿上开始审问。

“姐姐。”二倌指着我。

“啪、啪、啪”母亲打了我三下屁股。

“你是姐姐，你不带个好头，反而跟妹妹一起做坏事，说，你以后敢不敢了？”

“不敢了，我再也不敢了。”母亲的脾气我是知道的，有错必纠。

“妈，我看楼下的地还没扫，我去扫地了。”我迅速逃离，并把楼下的卫生打扫一遍。

母亲总说我小时候特别有眼光，快挨打时总是特别懂事，因此也少挨了不少打呢！

剪 发

二倌小时候头皮得过严重的皮炎，据妈讲是“癞盖盖”，得容易，治却很难，如果治不好，以后就是“癞痢头”。后经人介绍去浒浦一个人送外号“矮东洋”的皮肤病专家处医治，“矮东洋”说要看好此病首先就要把头发剃成光头，方便涂抹膏药。治病要紧，父亲爽快地答应。去了几次，倒真的看好了。那时候妹妹就八九岁的样子，可能是老医生叮嘱了，从此妹妹再不蓄发，短发伴随至今。

又到暑假了，酷暑难耐，我们队里的几个小伙伴只能用井水冲冲脚、洗洗脸，或到河边去玩水，以此来降温。但玩水都是偷偷的，因为父母害怕小孩溺水，不允许我们去河边玩水，所以我们都是背着父母去的，也只敢玩一小会儿。当然也有小伙伴会禁不住卖棒冰人的诱惑买棒冰吃，在我们姐俩眼里，他们都是有钱人，吃棒冰，对我和妹妹来讲是一种奢望。

这天妈妈出门贩卖蔬菜前给了我们一块钱，她让我带妹妹到村里的“小美英理发店”去理发，临走还嘱咐我，千万别忘了。等妈一走，我跟妹妹先吃早饭，然后找小伙伴玩，忙得不亦乐乎，一晃中午到了，吃完午饭就准备带妹妹去剪头发了。

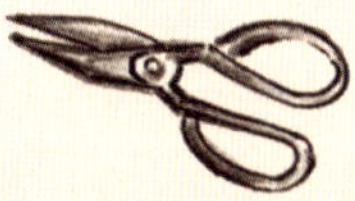

白日不到处，青春恰自来。
苔花如米小，也学牡丹开。
——［清］袁枚

“要不要买奶油雪糕、阴凉赤豆棒冰，不吃痒人！”卖棒冰的来了！隔壁小吴燕、小吴义姐弟俩每人一根奶油棒冰。

“姐姐，我也要吃。”二倌拉着我说。

“不行，没钱。”我说。妹妹馋得眼睛直勾勾地看着别人吃。等卖棒冰的一走，我心生一计，我们不是有一块钱吗？要是我帮妹妹理发，这一块钱就能省下来，每人买一根棒冰吃了，我把想法告诉了妹妹，馋胚妹妹当然同意。于是我们来到家里的大衣橱前，妹妹搬了个小椅子坐到镜子前，我拿上剪刀，开始学着剃头小美英的样子给她理发，左边剪了看看右边好像长点，右边剪了看看左边好像长点，就这样一剪刀一剪刀地修，头发越剪越短，等我剪好，妹妹看到镜子中的自己，“哇”的一声哭了出来，妹妹的刘海剩了个一二厘米，我赶紧对她讲：“没关系，头发会长出来的，我跟你去大队里小店买棒冰吃。”这一说，果然馋胚妹妹破涕为笑，两人美美地吃棒冰去了。

晚上母亲回到家，看到妹妹的发型。

“谁想出来的？”母亲开始审讯我俩。

“姐姐。”妹妹指着我。

“钱呢？”母亲又问。

“买棒冰了。”我小声道。

“下次可不能这样了。”母亲说。

奇怪，母亲居然没有骂我们，可能是今天她生意做得蛮好心情也好，也可能想想我们确实物质太匮乏了。总之，这成为我们姐妹俩搞笑的回忆。

过生日

那年，我13岁，人生中第一个本命年，那时人们的物质生活渐渐趋于优越，同学之间开始流行过生日。一个生日蛋糕，七八个菜，邀几个要好的小伙伴聚一下，唱一支生日歌，送一张生日贺卡，这就是豪华的生日派对了。

同学施燕邀请我去参加她的生日聚会，我们几个小伙伴早早地来到她家，送上自己亲手制作的贺卡以及满满的祝福。施燕指着放在榉树八仙桌上的蛋糕，骄傲地告诉我们，这是她爸爸提前好几天为她到五一大队蛋糕厂订的。蛋糕被圆形硬纸板包装得严严实实，硬纸板上印有蜡烛，一圈起伏的黄色线条上面印着几个红色楷体字：高级奶油蛋糕。第一次见到如此奢华的生日蛋糕，我们顿时心生羡慕，直咽口水。

“你们先去玩，待会儿吃饭再叫你们。”施燕妈妈对我们说。她正坐在灶前烧火，施燕爸爸正忙着杀鱼，厨房内雾气腾腾。

几个小伙伴事先已经商量好了到施燕家东面隔壁的独居老奶奶家“学雷锋”，我们几个帮老奶奶扫地、擦桌子、擦玻璃，忙里忙外。

“吃饭了，吃饭了！”施燕爸爸冲着老奶奶家喊。

听到叫喊，我们几个告别老奶奶。“谢谢小细娘！”老奶奶跟我们挥手道别。“不要谢，不要谢！”我们齐声说。

丰盛的菜肴整齐地摆上了桌，有山芋红烧肉、红烧鲫鱼、蒸肉皮、芝麻汤圆等十几个菜，桌子正中间摆放着生日蛋糕，旁边还有两瓶鲜橘水。

“施燕，把蛋糕打开来吧！”施燕妈妈说。

施燕把蛋糕盖子往上一提，一只裱满粉色花朵的奶油蛋糕就呈现在大家面前，蛋糕中间用行书写着“生日快乐”四个红色醒目的大字，围绕它的是一圈裱着的粉色花朵，花朵旁裱上草绿色的叶子。“哎呀，真是太漂亮了！”小伙伴们不由发出赞叹。

“以后等你们过生日，也可以叫爸爸妈妈到蛋糕厂订蛋糕的。”施燕爸爸说。以我家的经济条件，母亲是万万不会答应的，我心想。

每一年我的生日，母亲就煮个白煮鸡蛋，没有仪式感，也没有加菜，吃个鸡蛋就算是过生日了。

想到我13岁的生日还要跟往年一样过，心里失落极了，谁让我家条件差呢？我忍不住告诉了二倌去参加同学生日聚会的事，二倌居然对我说：“我们也可以过一个隆重的生日。”

“可是光买一个蛋糕就要好多钱，我们哪来钱？”我疑惑。

“我们可以跟妈妈谈条件，包缝衣服挣钱！”二倌自信满满。

母亲有一台包缝机，每天我俩放学回到家做完作业，就要帮母亲包缝赚钱，每人每天要完成50条任务。

“怎么谈？”我问。

“包一条边1分钱。”二倌答。

“行不行？我估计妈妈是不会答应的。”我心里直打鼓。

每临斯时泪眼开，有情天地赐君来。此生无妹相携手，人单影只对镜台

——《姊妹》（月红命题，宗川代笔）

解释：小囡，每当想起那个生日，姐的泪就禁不住流下来；感谢天地有情，把你送来陪姐。这辈子没有你相濡以沫，姐就会身单影只地在镜子前，对着自己说些心里话。

“试试看呗！”二倌倒自信满满。

二倌和我一起去找母亲谈判，母亲听到我俩要钱，严厉地批评我们：“小孩子要钱干什么？要变死了，小小年纪会要钱了！”

“我要给姐姐过生日！”二倌不顾母亲的指责，当面顶撞母亲。

“过什么生日，哪年不过生日的？”母亲脸一阴。

“别人家小孩过生日都买蛋糕的，我们俩生日就吃一个蛋。”二倌不依不饶。

“我们怎么可以和别人家比？”母亲的语气一下就缓和了。

“反正我不管，从今天开始，我们每包一条缝你要给我们一分钱，否则我们就不干了。”二倌威胁母亲。

“一分不成，要么5厘。”母亲让步了。

“5厘就5厘，哼！”二倌头一偏，笑了。

在二倌强势的谈判下，我们最终取得了胜利。

二倌让母亲日结日清，二倌就是厉害。我们把钱存到饼干盒子里，每天睡觉前必定要清点一番。快到我的生日了，我俩一数，总共攒到了5块9毛钱。经过打听，我们得知最小的一个蛋糕也要15元，我绝望了。

我生日这一天到了，母亲照例给我煮了白煮鸡蛋，可我一点也开心不起来，心里还在生闷气。

“姐姐，姐姐，我们一起去阳台，我来给你过生日。”二倌兴奋地对我说。

“可是没有蛋糕怎么过？”我说。

“去看看，去看看。”二倌拉着我的手，我俩来到二楼阳台的西墙边。

二倌打开一个盒子，里面是一个长方形的面包，她又打开用旧书纸包的纸包，里面有一根蓝色的蜡烛，她把那根蓝色的蜡烛插到面包上，我问她面包跟蜡烛是哪里来的，她告诉我面包是花了两块钱到村里的商店买的，蜡烛是同学过生日时问同学要的。二倌边说边划过她手中的一根火柴，火柴瞬间点亮了这根蓝色如梦幻般的蜡烛。

“祝你生日快乐，祝你生日快乐……”我们边拍手边唱，此刻，我幸福无比。

“姐姐，快许愿！”二倌催促我。

我学着别人过生日时的样子，闭上双眼，双手合十，在“蛋糕”前许愿：愿我们生生世世都做好姐妹。

在以后的日子里，我参加过很多的生日聚会，但都如烟雾般渐渐散去，唯有这个特别的生日清晰地刻在我的记忆里，成为永恒！

活动铅笔换大木头

我的铁制文具盒内静静地躺着铅笔、橡皮、尺子、小刀，不拥挤且整洁。

忽然有一天，已是小老板的姑姑从上海买回来两支细芯活动铅笔送到我家，第一次见活动铅笔，铁制银色外壳，刚性且柔美的线条，别致的笔夹，一眼就爱上了它。拥有它从此再也不用削铅笔了，握在手里沉甸甸的。“哇，太高级了！”二倌赞叹。

这支高级的活动铅笔成了铅笔盒中的贵妇人，平时都舍不得用，闲时就拿出来看看、摸摸，爱不释手，当然在同伴中炫耀一番也是必须的。

课间休息，忍不住又拿出来看看我的宝贝，莽撞的同桌与邻桌男生调皮嬉闹，一不小心撞向了我，“啪！”活动铅笔掉到地上，同学王良英正好经过我的课桌旁，“咔”一脚踩下去，活动铅笔上的笔夹裂开脱落了，但笔身依旧完好无损，果然质量杠杠的。我的眼泪一下子涌了出来。“你赔我，你赔我，你赔我活动铅笔！”我边抽泣边说。王良英也傻了眼，望望活动铅笔又望望我，默不作声，只是捡起了活动铅笔放到了我桌子上，说了句对不起就离开了，也许在她眼里这个应该是赔不起的。

拿着破损的活动铅笔，我到班主任李老师处告状，李老师了解了情况说：“你看这个活动铅笔并不影响使用，同学之间要团结友爱，好了，我来让王良英向你道个歉，还是好朋友。”王良英是道了歉，可我心里还是愤愤不平。

放学后，我把这件事告诉了二倌，二倌脸一变说：“她赔不起，找她家去，让她爸爸妈妈赔！”我俩家也不回了，径直往王良英家去了。王良英家院外是一棵高大的冬枣树，树上结满了冬枣，从墙门往里望去，一位老奶奶正在屋中缝补衣服。屋的三分之二被一大堆木头占着，见到我们姐俩唬着个脸，老奶奶问：“你们两个小姑娘来做啥？是不是来找我孙女王良英？”“对，就是找她！”二倌板着脸，“她把我姐姐的活动铅笔弄坏了，要她赔钱。”

“多少钱？”老奶奶疑惑地看着二倌。

“三块。”二倌不假思索。

“三块，要三块钱？什么铅笔？我是没有啊，要么等她爸爸妈妈回来再说吧。”老奶奶说。

说走咱就走哇
你有我有全都有哇
嘿嘿嘿嘿 全都有哇
水里火里不回头哇
路见不平一声吼哇
该出手时就出手哇
风风火火闯九州哇
嘿儿呀 伊儿呀 嘿唉嘿依儿呀

——电视剧《水浒传》主题曲

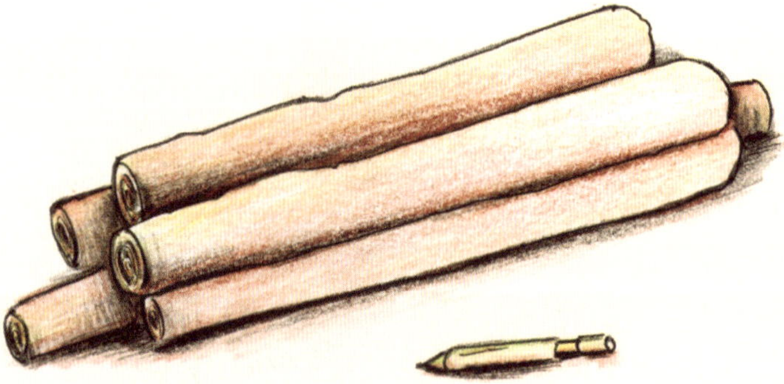

“他们什么时候回来？”二倌逼问。

“一般都要天黑。”老奶奶不急不慢地说。

“我们可以等！”二倌气呼呼地说。

于是，我俩从书包中拿出作业在她家边写边等，可是左等右等，眼看天都快黑了，连半个人影都没等来，二倌气愤地指着屋里一大堆的木头说：“不赔的话，我们就扛一根大木头回去，钱也不用你们赔了。”（大木头是当时农村每家每户平房翻建楼房时都要用的）老奶奶不紧不慢地说：“没关系，你们要么扛回去好了。”二倌说：“姐，我们扛回去！”说完我俩一人站在木头的一头，“一、二、三”木头纹丝不动，真是气死人啦，扛木头以失败告终。

没扛到大木头，走到门口看到冬枣树，二倌说：“采枣！”于是兜里、书包里都装上冬枣，老奶奶走到院外说：“两个妹妹只管多采点啊！”弄得我跟妹妹倒不好意思再采了。

回到家，母亲又着急又生气地问：“你们死哪去了？天都黑了才回家，真要急死我了。”我们把事情的原委说了，母亲说：“你们的心晒干了比匾子还大，铅笔换大木头，亏你们想得出。”

求生病

20世纪80年代是物资匮乏的年代，偏偏这个阶段出生的我体弱多病，每个月基本都要被发烧、感冒、腹泻等小疾纠缠。

生病时的营养品一般只有鸡蛋和粥，但一向疼我的爷爷总是会想尽办法给我变花样。

有一次，我又是一连好几天发烧，胃口全无，爷爷又是熬腻嫩粥（常熟方言，指熬得很烂的白粥）又是蒸蛋羹，但我口中寡淡无味，对任何食物都不感兴趣，我那馋嘴的二倌在这时便有了口福，白粥、蛋羹三下五除二一次性全部解决。

“橘子露，囡囡，这个很好吃的，赶紧吃一口。”爷爷奢侈地从小店里买回来一瓶橘子罐头，要知道这种高档食品只有在探望病人的时候才会买的，可我还是摇摇头，完全没有食欲，二倌则在一旁眼睛直勾勾地盯着罐头，爷爷看出了她的馋劲，就让她喝一点罐头里的橘子水，“我要吃橘子”，哈哈，醉翁之意不在酒，在于橘子也。

“姐姐在生病，这些要让给姐姐吃的，我家二倌最乖了。”爷爷给二倌戴高帽子。

大儿锄豆溪东，中儿正织鸡笼。
最喜小儿亡赖，溪头卧剥莲蓬。

——辛弃疾《清平乐·村居》

“哼，真是不公平，为什么每次生病的总是她，我就轮不到？”二倌怒气冲冲。

“啪！”爷爷打了二倌一记屁股：“憨二倌。”

二倌别过头愤愤地跑出房间。二倌刚走，我假装对爷爷说我想吃罐头里的橘子，爷爷听后高兴地捡几片出来放在碗中让我吃，我对爷爷说等会儿吃，实则我想留给馋胚二倌吃。剩下的罐头爷爷放在竹篮里，挂到房中的钩子上了，这一招自然是为防二倌偷吃。

农历十一月的一天，气温已降到零度以下，风一吹就更冷了。放学后，隔壁邻居兼二倌的同学来告状，你家老桂（二倌）把衣服撩开到颈脖处，迎着风正在走回家，说想让自己生病。母亲听闻，放下手中的活追出去，学校离我家就五百米的样子，一出门，母亲就看到二倌撩起衣服露出肚皮，抬头挺胸，背着书包往家的方向来。母亲顿时火冒三丈，朝二倌跑去，二倌一见，赶紧一下子把衣服拉下，可母亲的火并没有消。

“把头低下!”母亲按住二倌并命令她，准备要揍她。

“为什么我生个病也生不成？姐姐倒经常生病!”二倌不服气地说。

“没见过求生病的，好，我现在就把你打生病，让你也开心几天。”母亲边说边对着她的屁股一顿“毒打”，可就是这样，二倌想生病的愿望还是以失败告终。至此母亲送她外号：铁骨张三郎!

蚕宝宝的葬礼

在我们这里，每个人在童年时几乎都养过蚕。养蚕是由蚕籽里捂出一个个小黑点点的蚕宝宝开始的，我跟二倌得到了捂蚕籽的秘方，为了保证蚕籽的孵出率，我跟二倌照着秘方把蚕籽放到温暖的棉毯里，盼着它们早日出来。

小伙伴们在议论她们的蚕宝宝已孵出，我跟二倌跑回家一看，好家伙，雪白的棉花毯上像撒了黑芝麻，到处都是如蚂蚁般的蚕宝宝。

我们用小手去抓它们，可是它们太小了，一不小心就会被捏死。

“怎么办？怎么办？”我俩束手无策。

“叫爷爷，叫爷爷来！”二倌说。

于是我俩向爷爷搬救兵，只见爷爷拿出一支干燥得毛都散开的毛笔，用它在棉花毯上轻轻地刷，等毛笔上粘到了几条蚕宝宝，就把它们放到预先折好的纸盒子里，就这样刷着刷着纸盒不够了，我跟二倌临时又加叠。刷了一盒又一盒，一数，居然有11盒蚕宝宝呢。“还愣着干什么？赶紧给蚕宝宝采桑叶备粮，桑叶一定要嫩，用毛巾擦掉叶片上的水及灰尘，再给蚕宝宝吃。”爷爷吩咐我俩。

生活在窝里的鸟儿们的意见是一致的。

——〔英〕瓦茨《兄弟之间》

我俩采了桑叶，按照爷爷的嘱咐擦干了叶片上的水分及灰尘，爷爷又教我们把桑叶剪成一条条的碎片，然后放到一只只纸盒内，蚕宝宝们见到桑叶就开始吃起来了，一时停不下来，好像它们天生就是为吃桑叶而来的吃货。

蚕宝宝生长迅速，在我俩的精心照料下，几次脱皮之后长成了白白胖胖的大蚕宝宝，这时蚕宝宝开始了集体生活。为了方便管理，爷爷将它们安排到了一个大的筛子里，采摘来的桑叶铺满整个筛子，蚕宝宝拉的屎只要用筛子一筛，如黑芝麻似的小黑球球就会全部漏出去了。

周末，在二倌和她同学们的要求下，我继续当她们的小老师，凡是来上课的小朋友，都是遵守纪律、团结友爱、积极向上的，不乖的小朋友自然是不让来的，我突然想到我最乖最听话长得白胖的最大的蚕宝宝，它也该来享受这待遇，于是我把它也“邀请”来，这条白白胖胖的蚕宝宝身体有九节，软软的，我最喜欢摸它了，爷爷说它很快就要上山织茧了。

我教书的地方在二楼阳台上，教学条件简陋，只能把墙面当黑板，水泥地当凳子，小朋友们席地而坐。一共4位小朋友，他们坐成一排，蚕宝宝就在他们中间的纸盒内。

“徐老师好！”小朋友们齐声。

“同学们好！”我学着学校里老师的样子，“请坐下。”

“同学们，我们正式开始上课，今天给大家复习一堂数学课，请同学们将课本翻到第35页，列竖式计算。”

“56 + 29 = ？我来列竖式，大家看对不对？有不对的地方请举手！”

我在黑板上列了一个56 + 29的竖式，结果为75。

“不对!”吴燕举手站起来回答。

“哪里不对呢？”我问。

“应该从个位加起，而你是从十位加起的，所以不对！”

“嗯，对的，请坐！”

“还有不对！”二倌举手站起身来回答。

“哪里不对呢？”

“个位数满十，要向前进1，所以答案应为85，而不是75！”二倌继续答道。

“很好，请坐下！”我示意她。

“二二，二二，不好啦！不好啦！你把蚕宝宝坐在屁股下面了。”二倌坐下时没在意到蚕宝宝，吴燕叫起来。二倌反射性地站起，只见蚕宝宝一半身体已被压扁，青色的内脏涂满了纸盒。

“你怎么这样的，哎呀，我可怜的蚕宝宝。”我的泪水喷涌而出。

“我们家还有很多蚕宝宝呢，姐姐。”二倌安慰我。

“我不要，我就要这一条，这条最可爱，我最爱这一条，我只爱这一条。”我完全不听劝慰，也顾不上老师的身份了。

“要不，我们给蚕宝宝办个风风光光的葬礼吧！”不知哪个小伙伴提议。

“只能这样了，姐姐，我不是故意的，对不起！”妹妹拉着我的手，拍拍我的背。

可是，要怎么办呢？她们在一旁商量着办蚕宝宝葬礼的方案，我也加入其中。

先把蚕宝宝的尸体装到火柴盒内，然后找来一根棒冰棍作为蚕宝宝的墓碑，“上面写心爱的蚕宝宝吧。”二倌说。

“可是，要将它葬在哪里呢？” 我问。

“弄堂里吧，这是我们天天要经过的地方，看蚕宝宝也方便。”二倌说。

“那就这样吧！”

我拿着“墓碑”，二倌跟吴燕抬着蚕宝宝的“棺材”，其他几位小朋友跟在我们后面，大家怀着无比沉痛的心情去埋葬蚕宝宝。

选好墓地，我们就用小凿子在地上挖了个小坑，将“棺材”入土埋葬，又把事先准备好的蚕宝宝的“墓碑”插到土里，可是因为考虑不周，“墓碑”在泥土中插稳当后，“心爱的蚕宝宝”这6个字，只剩下“心爱的蚕”4个字了，另两个字埋到了土里去了。

“二倌，这不行的，蚕宝宝太可怜了，现在还要把它的两个字去掉，我不答应。”我说。

“姐姐，它要是还活着，爷爷说也要上山织茧了，上山了就不是蚕宝宝了。”二倌说。

“唉，我可怜的蚕宝宝。”我叹息道。

“蚕宝宝，你来世不要做蚕宝宝了，你做一条小蛇吧，这样我就不会坐死你了。”二倌说。

“不能做蛇，我最怕蛇了，我还要它做我的蚕宝宝。”我不答应。

小伙伴们又摘来桑叶，放到蚕宝宝的墓前，让蚕宝宝尽情享用。

童年里的蚕宝宝，后来你投胎成什么了？

巾帼不让须眉

我跟二倌就读于同一所村办小学——幸福小学，这是一所幼儿园部与小学部混在一起的学校，校门口两侧分别种着一排雪松。幼儿园部是一排矮矮的平房，设小班、大班，一共就两个班，小学部是洋气的两层楼楼房，每个年级只有一个班，那时农村百分之八十还都是平房呢，这栋小楼房稀罕得很，而且学校设施齐全，在村小里是最好的，后来才知道学校是幸福村委会出资修建的，而那时的村级经济实力雄厚。隔壁新民村没有小学，孩子们都要到我们幸福小学来读书。可能是生在这个村觉得特别骄傲幸福，也不知道从谁口中说出来的，只要新民村的同学与我们幸福村的同学打架，女同学们就站在一旁当啦啦队：“新民人，新发明，蚊子苍蝇叮杀人！”

幸福小学离我家只有不到五百米的距离，小学的钟声在我家也能清晰地听到。每天，我们姐妹俩与队里的小伙伴一起上学放学，这段童年时光回想起来特别幸福。

我班有个调皮捣蛋鬼——钱建龙，没事就会拉拉女生的辫子或是捉个小青蛙、掏个蛇蛋来吓唬女生，我也被他吓哭过，有一次特别过分，他在我整洁的作业本上乱涂乱画，气得我大哭一场。

家有万贯，不如出个硬汉。

——〔清〕钱大昕

我把这件事告诉了我妹妹。有人欺负姐姐，这还了得，妹妹说：“一定要给他点颜色看看。”妹妹约了一帮“女侠”，这帮“女侠”都是老二，乡下有一种说法，把老二说成是“二垃圾”，就是特别厉害的意思，这帮“二垃圾”们事先“埋伏”在钱建龙回家必经的稻田沟里。正值冬季，稻田沟里没有水，只有高高低低的一丛丛枯枝黄草，妹妹时不时轻轻撩开草，静等钱建龙出现。

巧了，今天钱建龙没有与其他同学结伴而行，只见他一人背着书包正朝这边走过来。一帮“女侠”们冲出稻田沟，一下子将他扑倒在地。

“知道你做了什么坏事吗？”二倌将钱建龙整个人按倒在地，厉声问他，其他“女侠”则按住他身体的其他部位。

钱建龙欺负的女生太多了，一时想不起来，只得默不作声。

“不知道没关系，我来告诉你，我是徐虹的妹妹，你以后要不要欺负我姐姐了？”二倌将女侠风度发挥到极致。

“不了不了，再也不敢欺负她了。”钱建龙直求饶，连连表态。“再欺负她，我让你做不成龙，做条虫！”二倌愤愤地说。

“放他走！”二倌一声令下，“女侠”们放开了他，随之扬长而去。那场面跟江湖上路见不平拔刀相助有得一拼。

这件事，也是母亲常常提起的我跟妹妹的童年趣事。母亲总说，小时候，只差两岁的我们，因为妹妹身强力壮、智勇双全，反倒成了我童年的保护伞。

触　电

母亲是一个头脑聪明的人，因为家庭困难，她只读了三年半的书，这三年半也只是半天读书，半天请假回家干农活。她计算能力超强，称得上半个神算子，且能读报，水平抵得上初中毕业生。

为了贴补家用，她每天早上3点就要起床，先烧猪食料，然后骑上自行车去市区的摇手湾批发市场，批发新鲜时令蔬菜到镇上的菜场贩卖，一百多斤蔬菜，来回四十多公里，仅靠一辆“永久”牌自行车驮着，但沉重的生活从没把她压垮。

当我们还在睡梦中时，母亲就出发了，醒来不见母亲就知道她又去了摇手湾批发市场了。于是妹妹就由我来照看，虽然我只比她大两岁，但我就是比她大。早上，我总是比她先醒，起床后我会按照母亲的吩咐喂猪食，母亲或爷爷一早已经准备好了猪食料，放在一个大木桶里，我人还太小，没有力气一下子把木桶里的食料倒到猪食槽内，只能用勺子一勺一勺地往食槽内舀，猪们见到食料，拱来拱去，互不相让，肥猪们从不懂得“孔融让梨”，它们把头伸出木栅栏，猪屁股横过来阻挡身型小的猪，怕被抢了食，等它们吃饱了，才轮到小号猪吃食。桶内只剩下一点食料了，但木桶本身就较沉，我一个人还是倒不掉桶底残留的食料，还是等二倌起床跟她一起倒吧！

爷爷在幸福轮窑厂上班，也是一早的班，桌子上放着两碗爷爷熬好的米粥，一碟炒雪里蕻。二倌正抹着眼从楼上下来。

“姐姐，我肚皮饿了，我要吃饭！”二倌说。

“喏，你只管吃吧！”我指着桌子上的白粥。

“我要吃糖粥！”二倌又提要求了。

“可是糖罐头放在碗橱的顶上了，我拿不到的呀。”我指着碗橱顶说。

“没有糖，我就不吃粥！”二倌坐在板凳上，虎着脸。

“好吧，姐姐来想办法。”姐姐在她眼中是万能的，什么都行。

我搬张凳子，试图去够到碗橱上的糖罐头，只差一点点，够来够去够不着。

“我们赶紧吃粥吧，等吃了粥，长大了，就能拿到糖罐头了。”听到这话，加上肚子确实饿了，她端起碗来，一小会儿就将一碗白粥吃完了。

“我们倒吃饱了，还有几只小猪没吃饱呢，我们去倒猪食喂猪去吧！”我引导妹妹。

“一、二、三”姐妹俩合力把桶内余下的猪食料全部倒进了猪食槽内，几只小猪又欢快地吃了起来，之前抢食成功的几只肥猪已经饱得吞不进了，对食料已经完全没有了兴趣，四脚散开，侧躺着闭目养神，简直似神仙生活了。

呀！二倌的头还没梳，仔细一看，一只小辫子上的皮筋已不见了，我俩又到二楼床上找皮筋。我说姐姐来帮你梳头，她死活不同意，理由是我扎的

「微生敢列千金子，后福犹八万君石。」

——［宋］范成大《判命坡》

辫子不舒服，头皮疼。

“哎呀，二倌，姐姐来帮你梳一个新式的辫子，保证你会喜欢！”我引诱她。

“我不要，我不要你扎！”二倌头一转。

“二倌，这样，我们照着镜子梳，这样姐姐梳啥你不就全能看见了？而且只要你一喊疼，我保证就停。”我哀求她。

“好吧！”二倌勉强答应。

我俩来到妈妈的随嫁品荸荠色的三门大衣橱前，大衣橱中间是一整面大镜子，两边是两扇门。我搬张凳子，安排妹妹坐在镜子前，大镜子前有一根花线（电线）从镜前经过，花线是拖线板的一部分，它的一头插在墙壁的插座上，另一头则插着电扇，但电扇是关着的。

我把二倌的小辫子拆开，轻轻地为她梳理头发，她的头发居然像施了法力似的根根竖起来了。“姐姐，姐姐，我的手粘牢了，我甩不掉！”二倌突然惊慌失措。

二倌的手不知道怎么跟镜子前的花线粘在了一起，当时的我居然不慌不忙拔掉了墙上的插头，一看二倌的手指，十个手指的指面全都烧黑了，二倌害怕得哇哇大哭。

“二倌，二倌，我家二倌不要怕啊！”我抱住二倌。

“姐姐，我的手指头会不会没有了？”二倌惊恐地问。

“不会的，你看地里的韭菜割了，不是照样能长出新韭菜来吗？就算坏了，也能长出新的来。”我安慰她。

我看看时间还早，要等母亲回来，起码要等到浅中午。小大人的我决定带上二倌到村医务室包扎，跟赤脚医生说了情况，都是乡里乡亲，都了解家里的情况，医生给我俩赊了账。赤脚医生仔细地给二倌清理伤口、消毒、包扎，坚强的二倌一声都没哭，每个手指都包上了白纱布，十个手指像戴了指套。

午后，母亲骑着自行车回来了，唱着“双推磨”优哉游哉经过邻居家门口时，邻居陈少俊——我家二倌的同学，“婶娘，婶娘！……”着急喊住她。

“什么事，俊俊？”母亲有点奇怪。

“你家老二倌十只手指头烧得墨墨黑。”俊俊说。

“怎么会烧得墨墨黑？怎么了？”母亲从自行车上跳下来。

“她触电了！”俊俊回答。

“触电了！她人呢？”母亲急问。

俊俊指着远处走过来的我们姐妹，我跟二倌也看到妈妈了，我飞奔过去：“妈，二倌触电了。”

“叫你要带好妹妹的，”母亲责备我，“你怎么让她触电的？”母亲甩下自行车，心疼地拉着二倌，看她的手指，我在一旁讲述事情的经过。“阿弥陀佛，阿弥陀佛，老祖宗保佑！”母亲听到惊险的过程后，双手合十连连说道。

最后，二倌如愿吃到了好多她平时奢望的美食，看来触一下电也值了！

两年不吃饭，等你

闺蜜告诉我，我的星座是处女座，我从没研究过星座，连自己是什么星座也不知道。她说这个星座的女生细心、温柔大方、拥有超强的分析洞察能力，是一个追求完美的女生，有洁癖，还是个重度的“强迫症”患者。

细想，对号入座，还真是句句应验呢！从小到大，凡是我的作业本、课本、抄歌本等等，我都要求书面整洁干净，拒绝乱涂乱画，虽离“强迫症”距离尚远，但也算有点小洁癖。

这年，我三年级，二倌一年级，又到周末，我班几个要好的女生约好了去挖荠菜，二倌不愿意跟我们一起出去，就留在家里了。

初春，天气暖洋洋，小伙伴们提着小篮子，带上凿子，来到约定的地点集中出发，田埂旁、荒地里、小河边，半天时间，小伙伴们有的挖到小半篮，有的挖到大半篮，我看看篮子里也有半篮子荠菜，想着今天能加菜了，心情就美美哒！让爷爷做好吃的荠菜汤，或是做成馅嵌油片（一种用黄豆制成的中间空心的可以放馅的豆制品），也是极好吃的。

我提着半篮子荠菜，开心地往家跑。

只见二倌坐在壁埂（意为走廊）前的小凳子上，前面放着一张略高的凳子，正靠在凳子上认真地做作业呢。

“二倌，二倌，你来看看，姐姐挖到了半篮子荠菜呢！”我朝二倌喊。

二倌无动于衷，还是埋头继续做她的作业，我走近一看，吓了一大跳，赶紧扔掉手中的篮子，抢下她手中的作业本，哇哇大哭起来。原来，二倌在我的作业本上画满了小鸡，我的作业本已经面目全非，我的回家作业，都被一排排小鸡覆盖。

我瘫坐在地上号啕大哭。

“怎么了?”母亲闻声而出。

“二倌、二倌，她、她在我的回家作业本上画了小鸡，都画得满满的。”我哭得太厉害，抽噎着说。

母亲拿起作业本一看，转脸对二倌说：“二倌，你以后不要拿姐姐的作业本乱涂乱画了啊！”

二倌用力点了点头。

“你赔我的回家作业，你帮我重新做好。”我朝二倌大喊。

“她还小，你是姐姐，你要让着她！”母亲说。

我生下来时很聪明的——是教育把我给毁了。

——〔英〕萧伯纳

“我不要做姐姐，做姐姐老是要让着她，我不要！”我扯高了嗓门歇斯底里。

“那怎么办？”母亲问我。

“二倌，你进去。”母亲接着说。

“哼，那要怎么办？你就是偏心，我不就是比她大两岁吗？我100岁她98岁，我还是比她大了两岁，我两年不吃饭，等她，到时候我们一样大，看你帮谁！”我朝母亲发飙。

“二倌，走，我们去吃饭，你自己想想明白啊，作业不重做，哭死也没用。”母亲丢下话，扭头就走。

我一个人感到越来越委屈，继续哇哇大哭，我恨母亲，恨二倌，我恨自己比她大两岁。爷爷回来了，我已经哭累了，坐在小凳子上的我看到爷爷回来，委屈劲又上来了，放声大哭。“囡囡，你被谁欺负了？”我把事情的原委告诉了爷爷，爷爷哈哈大笑：“憨囡囡，人是铁，饭是钢，一顿不吃饿得慌，两年不吃饭？你几天不吃都要饿死的。”

“我不管，我就不吃，我两年不吃饭，等她跟我一样大，到时候看我妈帮谁！”

“囡囡，你两年不吃饭也没用，你还是比她大，年龄不是因为吃多少饭定的。”

结果，我一顿都没漏掉，额。

落井关

我的家乡是富庶的鱼米之乡——常熟，古称“琴川”，七溪流水皆通海。在诗意的江南水乡，河流、小桥随处可见，数量之多也是我去过的北京、重庆等许多城市不能比的。我家住在福山镇幸福村官家泾，姑姑家住在同村的软河里，全国有名的沙家浜也在我们常熟。你们发现没有，这三个地方以“泾”“河”“浜”命名，其实在常熟，以“河”“浜”“泾”“塘”“桥”“闸”等命名的地方名数不胜数，这些名字从侧面反映了我们江南水乡的地域特色。

河多，夏季我们能在河水里游泳降暑，捉鱼摸虾，还能方便各家淘米洗菜倒马桶。河流带给人们的益处是一方面，但也吞噬了很多孩子幼小的生命。在我们小时候，溺亡事件时有发生，大人们因此总爱编一些故事来吓唬小孩。最常用的版本是落水鬼趁大人不在身旁，独自上水栈的孩子会被落水鬼一把拉下，一口吞了，吃得骨头都不吐。听到这些，孩子们往往吓得一段时间不敢一人上水栈了。

夏季的早晨，母亲趁着清早气温舒适，天不亮就去稻田里打农药了，我跟二倌在家无所事事，怎么打发时间呢？二倌提议到屋后的小河边去钓鱼，我说不行，母亲说小孩子去河边会被落水鬼抓去吃掉的。“姐姐，你真是笨，妈妈说一个人到河边落水鬼会抓，那我们两个一起去，两个人能抵一个大人呢，落水鬼才不会抓。”二倌鄙视地看看我。我将信将疑，终禁不住水中的诱惑以及二倌的鄙视，同意了她的提议。所谓的钓鱼，就是准备好淘米竹篮，在篮子提手上系一根绳，篮子里放上家里吃剩的米饭，并压上一块小石头沉到河水里等鱼虾来吃，然后只要快速往上一提，就能捉住些小鱼小虾。我们准备好这些，就兴奋地往屋后跑。

屋后是一条与福山塘贯通的活水河，河边有一棵大桑树，绿色的未熟果和红色的半熟果已不多，紫红的成熟桑梅（全国很多地方叫桑葚）挂满了整棵树，这棵树一半的树根长在水里，发达的根系像爷爷在玻璃杯里泡水的人参，整棵树是横着向河中生长的，以至于有些桑梅直接就碰到了水面。桑树旁是我家的水栈，水栈是由十几根石条铺成的，它们像山路，一级一级往下，到达底部是一片宽阔的石头平台，平台长约一米，宽约七十厘米，我们蹦蹦跳跳来到平台中央。

肥肥的螺蛳尽情享受着阳光的沐浴，它们慢悠悠地蠕动在小河旁、水栈下，小鱼儿你追我赶，透明的小虾米以退为进，以它的方式在水中游弋。我跟二倌把竹篮沉到河水里等小鱼小虾上钩，不用等多久，那些鱼虾就会到篮子里来聚餐，看着鱼虾越聚越多，二倌摒住呼吸，迅速将篮子往上一提，虽在提篮过程中逃走了一些，但收获还真不小，我们将它们抓到事先准备好的搪瓷面盆里，等会儿拿去喂鸭子。

“姐姐，那些桑梅真大，一定很甜很好吃。”二倌指着眼前的桑梅树。“我去采。”此时的我想在妹妹面前好好表现一番姐姐的魄力。

傻瓜不能控制自己的舌头。

——〔英〕乔叟

这棵树的主干是从平台上两级台阶旁约一米的地方开始长的，河滩边都是不规则的石头，我弯着腰从这些石头上爬到树的根部，又从树的主干往河中爬，边摘边吃，桑梅多汁味甜，又没人采摘过，吃着真是过瘾。“姐姐，姐姐，你放袋子里，我也要吃。”二馆在平台上猴急得跳起来。“好。”我边摘边把桑梅装到自己的口袋里，只一会儿我的浅色短袖衫上都染上了片片红紫，口袋布上更是紫中带黑。

“姐姐，往前，那几颗更大。”二馆指挥我。“嗯。”我小心地往前爬，突然间，一不留神，脚下一滑，手却本能地抓住了什么，等我定神才发现我的双手抓着树干，双脚离水面仅一两厘米，像做引体向上的体操运动员。

“落水鬼，你不要吃我姐姐，我妈妈就要回来了，你不能吃她！”二馆吓得边说边哭。我经她这么一提醒，也害怕得大哭起来：“救命阿！救命阿！”二馆听我呼救，她也边哭边喊起了“救命”。我们俩拼了命的喊叫声惊到了河对岸在田里劳作的队里吴东东叔叔。

“徐虹，捄牢阿，我来救你。”吴叔叔在对岸对我喊话。

“扑通！”吴叔叔赶到岸边，我再也抓不牢了，直接掉到了河里，叔叔跳下水把我救起。我已吃了好几口河水，获救的我求叔叔不要将这件事告诉母亲，可叔叔说这是大事，一定要告诉大人的，但他保证母亲不会打我们。

我们知道母亲回来肯定要责罚我们，为了讨好母亲，我们乖乖地、卖力地把盆中浸泡的蚕豆剥成豆瓣，蚕豆才剥了小半碗母亲就回家了。

“是谁想出来到河边玩的？”母亲背着打农药的喷雾器，不嫌累人地问。

“是我。”二倌的声音像蚊子哼。

“难道我没告诉你们落水鬼会吃人吗？”母亲尽力压住愤怒，但说话分贝明显提高了。

“不是说看到一个小孩会吃，我想两个的话他不敢吃的。”二倌每临大事总有静气。

“好吧，我现在再讲一个故事给你们听。”母亲解下喷雾器，搬张小凳子坐到我们面前。

从前，有一对姐妹，她们俩在家中剥蚕豆，剥好豆结伴到河边去洗蚕豆，结果两人都被落水鬼吃掉了。

我跟二倌吓得直冒冷汗，手中的蚕豆也掉了。

过了几天，母亲请一位算命先生到我家，这位先生肩上挑着担子，一头是一只鸟笼，另一头是一只长方形的木盒子。母亲让他就停在我家院子里，指了指我说：“就是这个小细娘，先生，你帮她看看。”“好，”先生爽快地答应了，接着说道，“我也不会看，让我的神鸟来看吧!”先生将那只鸟放出笼子，接着打开木盒子，盒子里整齐地码放着一张张牌，先生给那只神鸟喂了点食，就指挥着它在牌盒里叼出一张牌，牌上面是一幅画，画上画着一口井，算命先生对母亲说我命里有一个关口叫落井关，母亲问他什么叫落井关，算命先生说就是12岁之前不能到河边，更不能穿红衣服，否则会没命，我吓得从此再也不敢近河半步，除非大人在旁。这也是为什么身在水乡的我连游泳都不会的原因。

私吐公款

儿时的夏天总是特别炎热，知了趴在树上像回光返照一样吼得撕心裂肺，它们用常熟话发出：“死呀，死呀，死呀!”的凄惨叫声，仿佛求着天更热点，死了算了，我能听出它们的埋怨，控诉这该死的高温爽快点，索性高个顶或是降个痛快。

这么热的天，我跟二倌依然义无反顾冲进滚滚热浪里，要到田中去看母亲种的那几个香瓜熟了没。在馋虫面前一切困难都不是问题。

去瓜地要经过良仙师家，“呲呲呲呲”，良仙师家的锯板车发出烦人的声响，良仙师这么热的天要钱不要命，跟他的师兄两人汗流浃背，手不空闲地在轧板车前卖力地锯红木板，他们上身赤裸，下身穿一条直筒短裤，红木屑沾满了他们的皮肤，连眉毛上都有薄薄的一层。

“哎，老二倌。”良仙师放下刚刚锯好的木板，叫我家二倌。

“干吗？”二倌爽快地问。

“你们来帮我烧点开水，泡泡茶吧！”良仙师说。

“才不高兴，这种天烧开水你想热死我们呀，叫你家雪萍师（良仙师老婆）来烧吧。”我说。

“就是她厂里要开夜工呀，你们帮我烧一锅开水，下次等卖棒冰人来，我买棒冰给你们吃。”良仙师诱惑我俩。

“要么烧一锅水两角钱我们考虑下。”二倌说。唉，我俩的落地时辰就与金钱挂上了钩。

“行了，就这么定了，那从今天起一天就来烧两锅，晚上的洗澡水也一起包了。”良仙师拍板说。

“好！”我俩已顾不上到地里看瓜，姐俩拿着良仙师家的铅皮桶直奔他家的井，铅皮桶桶口朝下投入井里，桶下沉，井里涌开一圈圈波纹。

“一、二、三！”姐俩合力提起装满水的铅皮桶，往良仙师家的灶台上搬。

“良仙师，锅里有油，没洗干净。”二倌说。

“唉，要紧干活也来不及，没事没事，第一锅烧了泡茶吃，第二锅再烧就没啥油了，第二锅用来洗澡，你们帮我灌进热水瓶，拎开放就行了。”良仙师只顾继续干他的活。

“好吧！”硕大的铁锅放满水要提三四桶水，铁锅里的水提满，我俩已大汗淋漓了，他家用的柴都是红木边角料以及红木木屑，放到现在是绝对舍不得烧掉的，做成手串、小工艺品，定会个个精美无比。

我先用稻柴引着火，然后在灶膛内逐渐将红木柴按井字型架得满满的，火越烧越旺，我热得感觉透不过气来，从灶膛前跳出来，二倌手握一把红木屑往灶膛里撒，“怦”的一声，灶膛里的火一下燎出灶膛，差点烧着二倌的眉毛，二倌从灶前本能地往后退到灶墙脚。我俩还是第一次使这种柴烧火呢，吓得屁滚尿流。金钱让人无惧刀山火海，两人继续轮流烧火，就这样或

从前有一句贺辞，非常美妙，像黄金一般宝贵：『你向富裕的山上攀登的时候，希望你不会遇到一个朋友。』

——〔美〕马克吐温

是加一根木料，或是撒一把红木屑，只要火旺着，就从灶前跳出来扇扇子，解一下热，火光一弱就又得到灶前添柴。在灶前烧火才真切感受到那种热像孙悟空到了火焰山，热得汗孔全开，如开放的水龙头往外喷汗。

水蒸气“噗噗”往外冒，水开了。“姐姐，帮良仙师家烧开水挺划算的，硬柴，到灶前只加几次柴，水就开了。”二倌自认为得了便宜，开心地乐，她将热水瓶盖打开，我用铜勺往热水瓶内灌水，灌完继续烧第二锅。等烧完两锅水，我跟二倌的衣服都湿透了。良仙师爽快地付了钱。“挣钱不易，花钱要仔细了。”我说。“什么不容易，我看是挺划算的。”二倌用手拉拉浸满汗水粘着她皮肤的衣服说，“姐姐，每次都是你保管钱，这次我来保管吧。”“好好，你管吧，但花了要向我汇报。”我还是有一点不放心。“行！”二倌把四角钱放到裤兜里。

从此，暑假的每天我俩都有四角钱的收入，那时候的小伙伴多数都没什么零花钱，我跟二倌一下子成了“大款”。大队小店里，两角钱能买一袋酸梅粉，四角钱能买一袋“天马”杧果干，我妈称之为“树皮”，但棒冰是没得卖的，两角钱是奶油棒冰，一角钱是赤豆棒冰，暑假里我俩基本就偶尔吃吃棒冰，其他的都攒下来了。

一晃开学了，学校组织我们到福山影剧院看电影，二倌买了酸梅粉和月亮饼给我，让我带到电影院去吃。她买了什么我就不知道了，因为她比我低两个年级，不在同一时间段看电影。钱在她手里，反正我感觉她买的比我多。

放学后，我问二倌钱庄里还有多少钱，没想到二倌居然说没有了。

“怎么会没有了呢？”我着急了。

“我们班有几个同学好可怜，看电影什么零食都没有，我把钱都买了瓜子、酸梅粉给她们吃了。”二倌小声说。

“哇！”我坐到地上大哭，“你怎么这样的？那里也有我的钱，可不都是你的。”我又急又气，在地上消地光（常熟方言，意指躺在地上哭闹耍赖）。二倌愣在那里，一句话都不说，任凭我哭。过了一会儿她开口了：“反正钱都花完了，外婆说钱是笑着花出去，哭也不会回来的。姐姐，你不要哭了，你哭也没用的，钱没了，我们还可以再挣的。”二倌劝我。

“上哪挣呀，天凉了，良仙师家也不要烧开水了，哼！”我不要听。

“不理你了，小气鬼！”二倌屁股对我。

“什么？小气鬼？”我恨得只想打她。我从地上跳起来，二倌见形势不对，开溜就跑，我气得直跺脚：“哼，看我以后挣了钱还跟不跟你放在一起，要再放一起我就不是人！”

人都说私吞公款，二倌却私吐公款，我看她是脑子坏了。

捉雀水鱼

“轰隆隆”的雷声，闪电劈过远处的天际，突然一道闪电直插入地，我跟二倌吓得抱成一团躲进被单里，将身体捂得严严实实。一会儿工夫，我俩就闷出一身汗，但再热我们也不敢出来，直等到雷公离开了，听到大雨瓢泼才钻出来。

屋外，是暴雨过后的中雨，夏秋之际的雨最烦人了，总也下不完。这不，从傍晚直下到第二天天亮，下了整整一夜，完全没有要停的意思，我想雨神是不是为了拿个“三好学生”，要在玉帝面前拼命表现啊？

吃完早饭，看着这愁人的雨，心情郁闷，搬张小凳子在屋檐下看雨吧。

“姐姐，你为什么皱着眉头不开心？”二倌学着樱桃小丸子的口气问我。小丸子是二倌超级喜欢的日本动画片《樱桃小丸子》里的人物，她说因为小丸子有一个疼她的爷爷，还有一个爱她的姐姐，所以她特别喜欢，但相比樱桃小丸子，她觉得自己更幸福。

“这下雨天真没劲，只能待在家里了。”我望着屋外的雨叹气，“你说下的雨要是变成珠子，拿线串起来一定很好玩吧。”

“姐姐，你真是的，要是雨变成了珠子，那珠宝厂也要关厂了。”二倌说。“要不我们去踩水潭吧？”二倌提议。

“才不高兴，踩水潭弄得一身水，妈回来肯定要打我们的。”我不乐意。

“要么去捉雀水鱼吧。”看来二倌今天是铁了心要出门。

“雨也不小，要是光顾着捉雀水鱼，雨下到眼睛里估计睁都睁不开！”我反正不想去。

“哈哈哈，姐姐，我刚才没想到，你的眼睫毛本就像沙漠里的小草，又短又枯又黄又稀，我看再小的雨你的眼睛也睁不开的。”二倌嘲笑我。

“走，拿网兜、提桶，出发！”我中了二倌的激将计。

我俩打着雨伞，卷起裤管，带上网兜、提桶，赤着脚朝田间走去。被雨水浸泡过的泥路赤脚走上去特别舒服，像软软的橡皮泥，走到特别烂的地方还会从脚趾缝里钻出软泥来。

雀水鱼，一听名字，你能想象出是什么样的鱼呢？雀水鱼是南方地区特有的一种雨后现象。下过雷阵雨后，据说鱼儿们也想学鲤鱼跳龙门，于是乎，它们欢呼雀跃跳出水面，定要竞个高低。它们往往会选择在两处水流落差大的地方进行表演，雀跃而起，逆流而上。

我们来到我家稻田下的沟渠与河流落差之处，先在那里看看有没有雀水鱼的踪迹。这条沟渠约有一米五的深度，宽也有半米。最上面是成片的水稻田，然后是菜地，水稻田的位置比菜地高出约30厘米，由于下大雨，大人们早已隔夜在稻田里开了口子，让稻田里的水往渠道沟里流，渠道沟里的流水经过沟里的杂草，直接流到河塘里，渠道沟里的水只能没过脚踝，渠道沟与河塘的水位之间落差更大。水流哗哗，特别响，我们才到，就见到鱼儿在

将一个幸运的人丢进尼罗河里，他起来的时候还会叼着一条鱼。

——埃及谚语

落差处嬉水，不时还会有一两条高高跃出水面，这时候二倌就会准确地把它们捞入网中。

由于水流向下的冲击力，在稻田出水口的落水点冲出一个面积不大但特别深的坑，而坑内往往是鱼儿聚集的地方。这个落水点在渠道沟里，水位不高，如果要到坑里去捞鱼，就势必要走下去。二倌说她要下去，我不让，可我哪拴得住她，只见她双手拉住渠道沟边的小树及杂草，慢慢滑下去，到达沟底时身上已都是烂泥。

“姐姐，你把网兜给我，我来捞鱼。”二倌指挥我。

我将长柄网兜递给她，一网下去，捞到好几条“黄板”鲫鱼（一般指半斤以上的野生鲫鱼），还有不少小鲫鱼，网兜太沉，我往上拉的时候特别费劲。我在岸上把伞也扔了，兴奋地跳起来。二倌接着捞第二网，“姐姐，这一网动静更大，肯定鱼还要大。”二倌边说边往上提。“啊？蛇？”二倌吓得扔掉网兜，我见状撒腿就跑，可一想不对，二倌还在，又吓得转身，只见二倌双腿劈叉，两只脚分别撑在渠道沟两侧泥里，那条蛇从二倌的胯下游过。“没事的，姐姐，我又没惹它，它不会咬人的，你看它还不是乖乖溜走了。”二倌像个飞檐走壁的江湖女侠，淡定自若。有时候我总觉得应该她做姐姐，我做妹妹。

二倌还要捉，我不同意。可她说这么好的机会不能放过，于是她一会儿在渠道沟里捉小鱼，一会儿又到坑里捞一网，二倌的身上已被雨落得湿透。她又捞上一网，“蛇，二倌，是蛇。”我看到那网兜里一条黄澄澄的蛇。“什么蛇？明明就是黄鳝，我看你是吓出毛病了。”二倌不屑地看我一眼。“我看桶里好多鱼了，我们回家吧。”“好吧，好吧，免得你惊吓过度，到时候再发个烧拉个稀，妈再怪我，收工！”二倌爬上岸，将那条黄鳝和鱼儿一起倒入桶内，拎起提桶，可提桶太沉她一人提明显费劲。“姐姐，你帮我一起拎。”“我，我不敢。”我见到那条黄鳝，腿也软了。“好吧，我一个人提，你拿雨伞还有网兜。”二倌提得费力，我鼓起勇气，尽量不看桶内的那条黄鳝，帮她一起提。快到家了，我忍不住往桶内瞧了一眼，那条黄鳝居然在朝我吐芯，我反射性地松开手：“蛇！！！”“姐姐，在你眼里鲫鱼也变成蛇了。”二倌轻视我。我不再跟她辩论了，或许她才是对的。到家后，我拿出竹筛子将桶盖住，又压上一块砖，防止我们的劳动果实被猫偷吃了。

小半天的工夫，满满的收获，中午母亲回到家，看到一大桶的鱼，得意忘形地叫二倌为“金狗卵”，那是我们这一带对乡下小男孩的昵称，大概连母亲也觉得二倌赛过男孩吧！

“火赤链，火赤链！”母亲惊呼，原来二倌眼中的黄鳝真的是条蛇。火赤链是一种微毒蛇，被它咬后也可能致命。她吓得边喊边跑着出屋，叫邻居来帮忙。邻居闻讯而来，用小竹竿将火赤链挑起，那条蛇肚子鼓鼓的，二倌捉的鱼一半入了它的肚。“万幸，万幸，小孩子额角头锃亮（幸运的意思），没咬她们，要不然要出大事了。”邻居说。

第叁章

童年美味

回味无穷

野　味

寒露，脚不露。寒露时节天已寒凉。此时稻谷入仓，小麦窜青，油菜栽毕。唯有地里仅剩的棉花箕和棉花箕上已冻黄的棉花囊是这波农活中最后的忙碌。

母亲说拔完棉花箕，捉完棉花，接下来就是舒服地过冬了，没农活了。

带上拔棉花箕专用的铁钩，再带上我们两个活宝，我们这支小分队就兴奋地出发了。

这是一片超大的棉花地，在小小的我眼里，它像一片汪洋。地里，一根根棉花箕已全部枯萎，稀稀落落的棉花壳里一瓣瓣棉花像僵了的桔囊，硬硬黄黄的棉花是卖不起价格的，但是没关系，用母亲的话说，这跟“捉小水”差不多。“捉小水”就是到了年底，队里分红，河里打捞完鱼后，队里就不管了，剩下的小鱼小虾只要你不怕冷和累，下去捉的就全是你的了，那也是满满的收获呢。母亲说等这些棉花卖了钱，要给我跟二倌买新鞋。我们心里美美的，干活自然就更带劲了。

“呀，香落灯，姐姐，姐姐，是香落灯。”二倌举起手中的香落灯。香落灯直到近几年我才知道叫姑娘果，这种果子是地里的野生果，成熟的果子外，有一层棕黄色的如灯笼一样的轻盈外壳，所以我们叫它香落灯。

等我走近，二倌已将它送到口中。

“真甜，真好吃。”二倌赞叹道。

“妈，我们能不能先采一会儿香落灯？”我央求母亲。

“我看你们还是等拔完了棉花萁再采，到时候我们拔到哪采到哪。”母亲边拔边说。

“会不会有别人也来采？我们这块地里好像不少呢！”我担心地说，当然我嘴馋是更主要的原因。

“好吧，你们先采一会儿吧，不过要当心棉花枯壳扎人。”母亲嘱咐我俩。听完母亲的话，我们蹦了起来，想象着接下来的美味。

我们弯腰一下子钻到棉花地里，地里摘完棉花留下的硬壳呈掌状裂开，它共有5个片，每片上都有个尖，在棉花地里穿行，碰到硬壳尖很容易划伤皮肤，但为了这人间美味，扎几下也就变得无所谓了。

“你们多采了也让我尝尝。”母亲说。

“嗯。”我俩齐声。

“姐姐，你说妈是不是比我们还馋？”二倌说。

眼前是几棵香落灯树，我俩边采边吃，边吃边说。

“肯定的，妈平时跟我们吃的都一样，还比我们多干活，当然馋了。”我接上二倌的话。话音刚落，二倌就猫着腰，手拿几粒香落灯，一下子钻到母亲跟前，把香落灯剥开塞到母亲的嘴里。

“我家二倌真是想得着，香落灯真甜。”母亲一只手环抱着二倌。

“妈，我去采了再给你吃。”二倌说。

从来没有例子证明，好话能安慰饥饿的胃。

——〔德〕茨威格

“不用了，再采了你们吃吧，这一季的东西尝到了就行了。”母亲满足地说。

“呀！”母亲突然大喊一声，我俩惊得从棉花地里站了起来，以为出了什么大事了。只见母亲朝棉花地中飞奔而去，她已顾不上硬壳扎人。“不要跑，看你往哪里跑！”母亲边跑边喊。我一头雾水，对突发状况一时搞不明白。

“黄鼠狼，黄鼠狼，是黄鼠狼！”二倌惊呼，我顺着二倌手指的方向也看到了。“追！”二倌指挥我。我俩因身高才比棉花箕高出不多，因此前进变得十分困难。“弯腰，在底下走！”二倌说。果然我们弯腰走不仅能清楚地看到黄鼠狼，而且走起来更顺畅。

“你不要跑了！”“你死定了！”“你乖乖投降吧！”棉花地里的娘仨喊声一片。

那只黄鼠狼越走越慢，等我们快接近它的时候，它一下子就蹿跑了。只留下吃了一小半的野鸡，那野鸡的羽毛在阳光下闪着金属的光泽，鲜艳华丽，漂亮极了。

“走，回家去，我们今天不干活了，回家杀鸡吃！”母亲丢下活。

回到家烧开水，烫鸡、拔毛、掏出内脏、切块。

“妈，什么时候能吃到鸡呀？”二倌问。

“姐姐去拔葱，二倌你烧火。今天就做生炒鸡。”母亲安排我俩。二倌乖乖在灶前烧火，母亲在锅里放上菜油，锅里正冒青烟呢，我就回来了。“嚓”母亲把一半野鸡块倒入锅内，用铲刀来回炒，同时放入料酒、生姜、酱油，盖上锅盖，将葱花切好备用。母亲又在里锅放上一大锅水让我烧开，说另一半要做鸡汤。

“妈，能不能吃了？”二倌扒到灶台上问。

“你烧开后去拔两个萝卜，回来就能吃了。”母亲说。

于是等锅一烧开，二倌就拉上我，让母亲烧鸡汤，我俩一起去拔萝卜了。我俩到地里拔了两个大萝卜就冲回家。

“妈，能吃鸡了吧？”二倌又问母亲。

“唉，瞧你们馋的，我来夹两块上来，先让你俩尝一下鲜。”母亲边说边掀开锅，她只掀开一条小缝，夹了两块放到盆子里。我俩一人一块，手抓鸡块就吃了起来。

“鲜得嘞。”我品尝后说，“这个鸡肉就是太老了，咬着特别费劲。”又过了一会儿，母亲将所有的鸡块都盛起，浓郁的汤汁配上翠绿的葱花，我真想一人把这一盆鸡都吃了。母亲给每人盛上一碗白米饭，就着生炒鸡块食欲大增。那天我们吃了好多饭，鸡汤也淘了饭。这盆鸡是在我们的撕扯中吃完的，鸡肉鲜美，但依然那么柴。

晚饭时，母亲盛出三大海碗萝卜鸡汤，当然是萝卜多，鸡肉少。“这时候的萝卜最好吃，鸡肉反倒没啥鲜味了。”母亲说。“我就要吃鸡肉！”二倌说。三碗鸡汤喝了个精光，今天我们没听爷爷说的，吃饭七分饱，个个把肚子吃得鼓鼓的。

“你说那只黄鼠狼会不会在哭呀？遇到我们这支小分队，也算它倒霉。”二倌说。

“哈哈，我看它是后悔选错了路线，跑错了路！”爷爷接上二倌的话。

那个时代那个鲜味至今想起，仿佛仍在唇齿之间，但换作现代人，是不敢吃一只被黄鼠狼吃剩的鸡的。

茭白炒肉丝

秋高气爽，乡间的河塘里，鲜嫩的茭白上市，红粉的菱角成熟，农民的喜悦和孩子们垂涎的口水掩也掩不住。

吃完早饭，母亲将一个椭圆形的木制浴盆绑在自行车的后座上，在盆内放上绳子、麻袋等工具，就准备出发去采菱角。母亲在前面把自行车龙头，我跟二倌则跟在母亲的自行车后，用手稳住前行中稍稍摇晃的木盆。

这个木制的椭圆形浴盆今天母亲要把它当作小船用。在母亲的指挥下，娘仨一同将这只“小船”抬到河塘边，母亲将一个草把（用稻草束聚成把状）放在小船的一头，她就坐到草把子上，让我跟二倌将她连同小船一同往河塘里推。“哎哟，哎哟！”小船随着我跟二倌的吆喝声，离开河塘边的泥潭驶入河中。

定睛一看，母亲坐着的一侧木盆边缘只浮出水面四五厘米，看着着实吓人。我摒住呼吸轻声对母亲喊：“妈，当心进水！”生怕我的声音惊到河中的水波，引起小波浪把母亲的小船打翻了。“没事，你们在岸上等我！”说完，母亲的小船就穿梭在连片翠绿的菱头中了。

“我俩划着船儿采红菱，呀，采红菱，郎呀得郎哟喂……”母亲边采边

颜渊喟然叹曰：『仰之弥高，钻之弥坚，瞻之在前，忽焉在后。夫子循循然善诱人，博我以文，约我以礼，欲罢不能，既竭吾才，如有所立卓尔。虽欲从之，末由也已。』

——《论语·子罕第九》

在河中开起了个人演唱会。

我跟二倌沿着河塘边走边采嫩菱角吃，菱角皮呈水汪汪的淡红色，肉质白甜，老的就干结，不宜生吃，因此我俩只挑嫩的采。只要是手够得着的地，都成了我们采的范围，一团团的菱头下，有的菱角浮出水面，有的则藏在水下，须拿起菱头才能看到。

“囡囡，二倌，你们在河滩边等我过来拉我！”母亲在河塘里说。

我俩一看，母亲的小船都只浮出水面一点点了，载重已达极限，再采船就要沉了。“妈，你慢一点！”我俩担心地朝母亲喊。母亲划着小船朝我们这边来。到河滩边小船是上不了岸的，河边的淤泥将它搁在岸边。母亲朝岸边扔上一根绳头，绳子的一边是我俩，另一边则是母亲，我跟二倌使出浑身力气，将母亲与满载的小船拉到河滩上。

母亲拿出事先准备好的洋瓷小碗跟蛇皮袋，让我张开袋子，她跟二倌用碗往蛇皮袋里舀菱角，母亲采的都是老菱角，采好后拿到家里煮熟，然后到街上去贩卖。

采完一船又一船，为了节约时间，母亲让我跟二倌回家吃饭后，再把午饭带给她，母亲一直采到下午两点多，才回家烧菱角，家里的两个大锅同时开烧，菱角经过反复烧煮、闷焐后，放到箩里冷却，母亲带上秤和煮熟的菱角，就到街上去了。

临走时，母亲一手稳住车龙头，一手从兜里掏出钱塞到我手里，说：“等一会儿你们到大队食堂买一份茭白炒肉丝，你爷爷回家肯定也晚了，来不及烧啥菜了。”母亲这么一说，我跟二倌心里乐开了花，仿佛丰盛的晚餐就在眼前。

爷爷回来听说我跟二倌要到大队食堂买菜，也掏出钱来说，今晚还要加个菜，买五副鸡头跟鸡脚。那时候鸡头鸡脚是一副一副卖的，一副就是一个鸡头加两只鸡脚。鸡头鸡脚是没人爱吃的菜，一般到食堂买菜后，加一点点钱，食堂也当是半送半卖了。

我跟二倌拿着洋瓷汤碗、铝饭盒，蹦跳着来到大队里的食堂，食堂里的菜个个都是我俩爱吃的,阵阵菜香差点把我俩馋死。

“姐妹俩买啥菜？”食堂师傅问。

“茭白炒肉丝！”我俩齐声道，并拿出洋瓷汤碗，师傅麻利地舀了一盆。

“师傅，能不能再舀点汤？”我小声道。

“可以，可以，真是个会当家的小细娘！”师傅边笑边舀。

“再给我们来五副鸡头、鸡脚。”二倌拿出铝饭盒说。

“好、好。”师傅麻利地往铝饭盒内夹鸡头鸡脚。

茭白炒肉丝里有肉丝、肉皮、茭白，还有青葱，我俩交替着端那盆热气腾腾的茭白炒肉丝，只觉闻一下香气都可以解馋。

“我们每人吃一根肉皮吧！”我实在经不住香气勾引。

“好呀。”话音未落，二倌的手已伸到碗里将一根肉皮拿起吃了起来，“鲜得嘞，肉皮孔里的汁像喷泉，我再吃一根肉丝。”说着又将手伸到碗里。我也吃起来，就这样，你一根，我一根，一碗茭白炒肉丝到最后只剩下茭白和汤汁。

我跟二倌到家，母亲也到家了，母亲从自行车上看到我手中的那只碗，从自行车上跳下来，“这个就是你俩买的菜？”母亲质问道。爷爷闻声从屋肉出来，看到盆子瞬间明白了怎么回事。

“哎哟，我家两个好囡囡真是孝顺，知道我们爱吃茭白，所以叫食堂师傅都舀了茭白来，以后我家不买啥肉丝了，只烧茭白了！”

“不是的，是我跟姐姐把肉皮肉丝都吃掉了。”二倌小声道。

“我叫食堂师傅多舀了汤汁，可以淘饭吃的！”我补充说。

“你们两个小孩，不懂体恤大人，有好吃的居然先吃，我平时是怎么教育你们的，你们都忘记了吗？”母亲已冒火。

“小兰，没事的，等会儿让她们两个吃白饭吧，反正菜已经在肚子里了，先下菜再吃饭，早晚都是集合！”爷爷不温不火地说。

“对对对，你俩等会儿吃白饭，听到了没？”母亲说。

“嗯。”我跟二倌不敢反抗。

吃饭时爷爷让我俩吃鸡脚，母亲说：“你不是说让她俩吃白饭吗？”

“囡囡，二倌，你们知道错了吗？”爷爷侧脸问我俩。“错了，错了！”我跟二倌态度诚恳。

“你看小孩都知道错了，再说了茭白炒肉丝我已经不让她们吃了。”

“哪还有茭白炒肉丝？只有茭白了！我看你么总有一天把两个孙女宠坏了。”母亲又发火。

“不会的，她们都知道错了，以后不敢了。”爷爷依然帮着我俩说话。

吃喜酒代表

工作后我当过各种代表，妇女代表、工会代表、人大代表、列席代表等等，但是他们都没有我在小时候当吃喜酒代表这件事印象来得更深刻有趣。

吃喜酒代表，顾名思义就是代表去吃喜酒的。20世纪80年代末，90年代初，经济虽进入增速期，但人们过惯了苦日子，生活还十分俭朴，队里办喜酒依然是每家出一个代表去参加的，首推的都是中年人，而且往往是家中的顶梁柱。我们这帮小孩子是上不了台面的，自然也轮不到吃喜酒，那时候父亲常年在外，我家就派出我爷爷作为一家代表去参加婚丧喜宴，只要爷爷一去吃喜酒，我跟二倌就会迎到离办酒人家不远的地方等爷爷散席，爷爷往往会揣上腰果、鸡腿等，给我俩解馋。

我们家亲戚少，因此总是特别羡慕队里“门头大”（亲戚多的意思）的小伙伴能被大人带着去吃喜酒。那时候去亲戚家吃喜酒也没有全部去的，往往只去两三个，远方亲戚只派一个代表去参加，小孩子去了也是没有座位的，加双筷子加只碗，坐在八仙桌桌角边，或是站着由大人夹菜，这个叫“垫桌脚”。再小点的干脆坐在大人腿上，不占座位。

“我就是要去，我就是要去。”门外传来嘶哑的哭喊声，爷爷闻声而出，看怎么回事。原来是队里婶娘在打她女儿，她女儿是二倌的同学，婶娘告诉我爷爷，她女儿要跟去吃喜酒，但因为是远房亲戚，只能去一个人，女儿又非得跟去，好说歹说根本不听，因此只得棍棒出场。“乖细娘，不要哭了，下次，下次队里吃喜酒派你去当吃喜酒代表，我们家派老二倌搭你一起去。”爷爷安慰小姑娘。“二倌爷爷，真的吗？”二倌同学边抹泪边问我爷爷。“当然是真的。”爷爷认真地对她说。

到了下半年，我们队里有一户要结婚娶媳妇，老规矩，每户一位代表去吃喜酒，队里人来喊吃喜酒的前脚刚走，二倌同学就来找爷爷兑现承诺了，爷爷当即就表态，几天后我家吃喜酒就派二倌去参加。这就把同学高兴坏了，连忙把这个好消息告诉二倌，我听到后气呼呼地质问爷爷为什么偏心二倌，凭什么我们家是她代表去，长姐为母，要代表也是先轮到我才轮得到她，哼！不公平。爷爷说不是那一天还没到嘛，不急。这算什么话，我不服。

两天后放学回到家，是吃喜酒的日子，二倌跟同学在镜子前照来照去，精心打扮一番，我恨得不想理她们，爷爷走进来笑眯眯地宣布说：“今天，

当一个孩子意识到自己成为少年人并第一次要求在一切人类的活动中参加一份的时候，那可真是人生美妙的时刻，活力沸腾着，心脏猛跳着，血是热的，力量是充沛的，世界也是那么的美好、新颖、光辉，充满着胜利、欢跃和生命……

——〔俄〕赫尔岑《一个青年人的回忆录》

我们家出两个代表去吃喜酒，囡囡跟二倌一起去。”二倌跟她同学听到后，拍手跳起来：“好呀，好呀!”“爷爷，我去了，邻居会不会说闲话呢？”我有点担心这种行为会遭别人的白眼。“不会的，不会的，我都安排好了，只管去吧。”爷爷笃定地摸摸我的头，对我说。我们仨结伴快乐出发，在路上还碰到了一对姐妹，都是我们一个年龄段的小伙伴。我们刚到，主人就热情招呼我们，并引我们到事先准备的一桌。“咦，今天怎么都是小孩子当代表，而且每家都出了两个代表？”其中的一个小伙伴说。“喏，这要感谢云云公公（我的爷爷），他跟本家讲了由小孩子当代表，不喝酒不抽烟，所以多两个人也无所谓了。”我心想爷爷做工作真是一流。

酒席开席，先是上冷菜，6盆菜端上来，我们这一桌像饿虎扑食，每盆菜都被我们一扫而空，为了公平起见，大家所有的菜都得平分，如果分不匀就石头剪刀布，以输赢来定。皮蛋上的肉松真是好吃，我们这桌小伙伴还是第一次吃到，于是就问端菜的叔叔这个是什么菜。那位叔叔坏坏地说：“这不就是木匠做工时的木屑花吗？”我们一看，果然特别像，平时怎么没有发现木屑花这么好吃。接下来上的是各种热菜，但问题来了，整鸡整鸭怎么分呢？大家你一言我一语，一时都想不出办法，后来不知道是谁说先“乒令乓冷起”（常熟方言，游戏语，两人或多人分队游戏时，以猜拳的方式确定分队人数，或谁先开始），最后石头剪刀布，大家按先赢的开始，以顺时针为序重新坐，第一个菜由先赢的开始顺时针夹菜，第二个菜则由最后一个开始逆时针夹。最后每个菜只差碗没吃掉，汤汤水水全部喝完。“这个代表真是幸福，以后长大了我要当吃喜酒代表。”一个小伙伴感慨道。“我也要当。”“我也要当的。”哈哈，这就是我们长大后的理想。喜宴结束，我们意犹未尽，还不肯散去，玩起了捉迷藏游戏，直到家长们找上门，才各回各家。

周末，我们几个吃喜酒代表约好了，去队里木匠良仙师家偷木屑花吃。按规律，每天中午，良仙师吃完中饭后会躺在竹榻里闭眼打盹，我们就打算在这时行动，三个人在良仙师家的小路上放哨，主要是看有没有人突然到访，三个人在墙门口接应，两个人进去偷。两个经常去良仙师家玩的人负责到操作区去偷，事先都穿了大口袋衣服，二倌跟同学来到操作区，只见她们每人两手抓起两大把木屑花，一手往大口袋里装，一手把木屑花往嘴里塞，木屑花呛得她们咳嗽不止，良仙师也被惊醒了。良仙师知道原委后笑得直不了腰："要是我的木屑花能当肉松卖，那我就成万元户了。"

小伙伴们灰溜溜地回到我家。"囡囡，二倌，你们吃喜酒代表资格被取消了，下次不许你们去了。"爷爷正式通知我们。"为什么？"我问。"你们吃相太难看了，把老徐家的脸都丢没了。"我的脸涨得通红，跟二倌不敢回嘴。这个吃喜酒代表只做了5天，是我做过的代表中时间最短的一个了。

韭菜汤

春风吹，万物生。阳光照，心情美。食之欢，体态肥。因为贫乏，想吃美食但又无法实现的我，只能嘲笑别人吃多了才会肥，要保持好的体态那就不能贪食。不要去查这是哪位诗人写的，这是出现在我小时候日记里的诗。那时候我幻想着以后要成为一名大诗人，可偏偏我缺写诗这根筋，于是乎明知山有虎，改向猴山行，这不，写作文倒成了我的乐事。

春景虽美，但是写作文却喂不饱肚子。只要母亲有包缝的活，我们姐妹俩只能帮母亲干活补贴家用，外面小伙伴们玩得多开心，我俩就有多羡慕。

母亲的包缝车有一个如洗脸盆样子的操作区，它的直径也就30厘米，一圈都是细长的针，第一次看到它心里会觉得有点毛毛的，不过时间久了也就习惯了。一般都是我帮母亲包缝，二倌则打下手。我负责头道工序，在包缝车上将衣服包边准确套上，母亲是第二道，她将衣服套上，然后是卷边，二倌则是最后一道，将我们干好的活抽纱头，然后一条条叠起来。

春光如此美妙，阳光充足的午后“懒虫”就会出来冒泡，让你时时想睡觉，这就是春困。春困会让你做不了手脚脑袋的主，手脚乏力，自然活就越干越慢。

夜雨剪春韭，新炊间黄粱。

——［唐］杜甫

“哎哟，好婆来了！”我俩抬头看，不见好婆的影子，母亲突然的一句话驱赶了我们的困意。可这种办法也只能管用一会会儿，困意还是袭得人睁不开眼。这时候母亲会让我们使用第二种方法，让我们在眼皮上蘸水，这样也能减轻些许困意。只是再多的方法跟春困作对，看来都是徒劳的。

“妈妈，我怎么眼睛像粘牢了，睁不开。”二倌有气无力地说。“哈哈，妈，二倌蘸的是红糖汤！”我发现了二倌错将母亲泡的红糖汤当白开水蘸了。“二倌，你睡吧！”母亲见二倌的可怜状，忍俊不禁，二倌听完母亲的话，直接倒在衣服堆上呼呼入睡。我也撑不住了，母亲只得对哈欠连连的我说：“准你也睡个15分钟，时间到了，我叫你。”于是我挨着二倌也睡在衣服堆上。“时间到！”母亲喊我俩，我俩一看，好家伙，居然睡了半个小时，我跟二倌只得强睁开眼，无力地继续干活。母亲常说困了的时候动一动牙床骨，就会赶走困意，如吃硬蚕豆就是好办法。

“今天我们娘仨来碗韭菜汤吧！”母亲说。

“韭菜汤？好吃吗？”二倌问。

“你别问了，你负责去割韭菜，只要割一小把，我来烧！”母亲安排了二倌去割韭菜，韭菜地就在离家百米的地里。

春韭最肥嫩，只一小会儿二倌就将翠绿的韭菜拿到母亲面前，我们娘仨来到灶膛前，我负责烧火，母亲粗粗地择了一下菜，就在锅里倒上菜籽油，先打了两个鸡蛋摊成鸡蛋饼，将它们切成丝备用。然后在锅里倒入凉水，烧开，放入切好的韭菜段、鸡蛋丝，撒上盐，一锅黄绿相间、热气腾腾的韭菜汤就做成了。母亲将汤盛到她预先准备的三只小汤碗里，每人一碗，鲜香的韭菜鸡蛋汤真是人间的美味，是我喝过的最好喝的汤。

二倌喝完后还用舌头舔碗上的汤汁。就是这碗神奇的汤赶走了我俩的困意，让我们能量满满干到太阳落山。

现在春韭上市时，去娘家聚餐我跟二倌还会撒娇地叫母亲做韭菜鸡蛋汤给我们吃，可任凭母亲怎么做，都没有当年的味道了，我说是不是在煤气灶上烧的原因，母亲说是我们的口变刁了，二倌却说是现在的韭菜都用化肥了，只有天然的有机肥才会让韭菜肥美。民间有“三日不吃还魂食，四脚毕立直”的说法。“还魂食”就是用粪浇后生长的果蔬，“四脚毕立直”的意思是人要归西。

马兰头团子

“囡囡，你下班来一趟家里。”母亲在电话那头说。

“我今天不来了，手里还有点活，要加一会儿班，明天来吧。”我正在写一篇总结，被母亲打断思路，有点不耐烦。

“我可是做了你最爱吃的马兰头团子，都已经做好了，只要煮一下就可以吃了。你只要来拿一下，几分钟也耽搁不起了吗？”我明显感到母亲的焦急。

“好吧好吧，我等会儿来，工作带回家晚上做吧。”免得她失望，其实我分分钟想结束通话。

“哎哎哎，你来的时候电话我一下，你出发我烧开水，这样，等你到了团子刚刚熟，你带回家吃也不凉，我今天做得多，大家尝尝。”母亲已做好了打算。我工作的地方就在娘家居住的小区，十分方便。

下班直冲母亲家，家门敞开，母亲站在燃气灶前用漏勺在捞团子，热气腾腾的团子被母亲放在盆子内一个个分开摆放，圆溜溜雪白白的团子薄薄的外皮下透出淡淡的青绿色，煞是诱人，等团子们一出锅，母亲就催我回家，让我连盆子一起端回，还在盆子外用保鲜袋套住，这样能起到保温的作用。

没有比爱食物更诚实的爱。

——〔英〕萧伯纳

婆家跟母亲家也就一公里的路程，回到家，团子还是热的，先生已做好一桌子菜，就等我回家开饭了，我拿出母亲煮熟的团子作为加菜。南方的团子在北方其实就叫汤圆，糯米粉做皮，马兰头焯水晒干后，经过浸泡切细，加入油、盐、糖等简单调料制作成馅，咬一口唇齿间既清凉又有淡雅的香气，让人回味无穷。母亲喜欢把它们捞出后干放，这样吃起来不会烫嘴，而且馅即使掉出，也不会因为有汤而味道变淡。

“这个马兰头馅真好吃，比肉馅的都好吃。” 口中还含着团子的婆婆已赞不绝口。

婆婆一下吃了4个，我担心她年纪大了会消化不良，劝她别再吃。记得小时候母亲就不让我们多吃，说是糯米食吃多了会粘住肠子，肠子粘住了会难受得想抠都抠不出来。

就这样，全家人你一个我一个，一盆团子十几个一下就消灭个精光，先生做的一锅饭也就一动未动，菜也剩下不少。

看着家人们吃得如此香甜，让我想起了小时候想吃马兰头馅团子的事来。

农历三月，是马兰头最旺盛的季节了，马兰头属于野菜，一般生长在田埂旁、荒地里，生命力顽强，马兰头既有清肝明目的药效，又能或腌或制馅食用，因此也受到大家的喜爱。再过十天半个月，马兰头就开花了，民间有俗语“马兰头开花老来俏”，因此等马兰头一开花就不能食用了。三月的江南，草长莺飞，那些花儿像约好了似地同时竞放：粉红的桃花、雪白的梨花、金黄的油菜花，互不相让。但蚕豆尚未结籽，稻尽麦未熟，对长在农村的我们来说，春天真没啥吃，不似秋，随手摘个蛇果果都是美味，应了民间的“荒三春，苦七月”的说法。

偏偏这年的母亲活特别多，只要我们姐妹有时间，都是在帮母亲分担活，到了这个季节我们心心念念想吃马兰头团子，可母亲说再等等，过几天等她的活都忙完了一起去挖。我们想马兰头才不等人，过几天老了，那吃马兰头团子的愿望也会落空，可又不敢对抗母亲，只得作罢。

周六晚，老板来家对母亲说羊毛衫不好卖，要停掉半个月的活，母亲就合计着第二天要去贩卖蔬菜，并嘱咐我们姐妹一定要喂好猪及鸡，另外还要看好鱼池内的鱼，防止有人来钓鱼。自从父母离婚，我们娘仨住的是鱼棚，靠的是母亲做衣服加工挣钱，以及养猪、养鱼贴补家用。

天刚亮，我醒来已看不到母亲的身影，就推推还在身旁熟睡的二倌：“二倌，我们赶紧去挑马兰头。”二倌立马一个鲤鱼打挺。

“还有妈妈昨天交代的事，我们还要吃饭呢。”我提醒二倌。

“嗯嗯，姐姐，我来做饭，你去放鸡还有喂猪。”二倌分工明确。

等一切弄好，我们就在鱼池周边挖马兰头。

“姐姐，这儿有好多”二倌还未挖完一处，下一处已找好。

一会儿队里的几个小伙伴也来了，她们也来我家鱼池边挖马兰头。

“不行，这个鱼池是我家的，你们不能挖。”二倌阻止她们。

“你们这里又不多，我奶奶家门前的田埂旁那才叫多呢，密密麻麻全是，只是如果大家分开挖就不热闹了。”邻居小伙伴吴燕说。

“可是妈妈是不允许我们离开鱼池半步的。”二倌面露难色。

“这样吧，我去，你留在鱼池。”我对二倌说，“鱼池边剩下的你来挖。”

“不行，我去，你留在鱼池。”二倌不答应。

“哎呀，你们一起去吧，反正我奶奶家那块地高，从那里可以看到鱼池的，没事。”吴燕建议。

于是一群人奔向那块地，那里的马兰头一墩一墩，果然又多又黑又肥，一条田埂周边几乎都是，吴燕的奶奶看到我们几个都在挖，拿出蒸软的红糖糕给我们吃，吃了块红糖糕我们继续挖，誓要把这些马兰头都挖回家呢。

“大大，二二，不好了，你家的猪都跑出来了。”队里的老伯伯朝我俩喊，“赶紧叫你妈去赶，它们已经到菜花田里去了。”

这还了得，要是小猪找不回，我妈非打死我们不可，我跟二倌提着小篮子一路飞奔往鱼棚，小伙伴们跟在身后，到了鱼棚，我俩往猪圈内一瞧，小猪们早已冲出木栅栏不见了踪迹。

“真的是我家的小猪，怎么办？”二倌慌了。

“走，我们去把它们赶回来。”我说。

可是油菜花开得太旺了，波浪起伏的油菜花挡住了我们的视线，我俩只得半蹲下身猫着腰寻找它们的踪影。半天也没发现它们的影子，我急得大哭起来。二倌也边哭边说：“小猪，你回来吧，你出生时天太冷，还是我把你捂在胸口的。”

小伙伴们纷纷回去找大人搬救兵。大人们闻讯都来了，原来猪已跑远，它们结队“春游”到了隔壁队里的菜花地里。“哦唏，哦唏……”大人们折了柳条，在菜花地里组成了一支临时赶猪队。

“哎呀，谢谢你们了，乡邻好真的是赛金宝!”妈回家不见我们不见猪，也赶到菜花地来了。

“你俩是不是没给猪喂食，猪才跑出来的？”母亲质问我跟二倌。我吓得一句也不敢接，母亲的脾气我是知道的。“想吃马兰头团子了？我告诉你们，猪跑出来了，马兰头团子也没得吃了。”母亲愤愤地说。

“是没喂，你看猪也想吃马兰头，所以才跑出来的。”二倌狡辩。

“猪也想吃马兰头？”母亲扬起手要打二倌，却被队里婶婶拦住了。

“小兰，你家两个孩子蛮懂事的，你不要打她们了，她们也知道错了，是不是？”婶婶朝我们使眼色。

“嗯。”我急忙点头，二倌一声不吭。

晚上等我们睡了，母亲还是把我们白天挖的马兰头焯了水，放在竹匾里等第二天开始晾晒。

又过了几日，缠绵的春雨下了一天，我俩放学飞奔到家，刚进家门母亲就严肃地对二倌说：“二倌，快去把猪们叫过来。”

“干吗？”二倌纳闷。

“我做了马兰头团子，你不是说它们也想吃吗？那就等它们吃完你再吃。”母亲一本正经。

“它们，它们，它们只吃马兰头的，不吃团子的。”聪明的二倌脑子飞速地转，一时圆不过来她说过的谎，我不禁笑出声来。

那一天的团子镶嵌在我们的记忆里，那香甜的味道是母亲爱的味道。

台风的礼物

“据中央气象台最新消息，今年第16号台风预计于21号影响我市，中心风力达……”广播里播放着天气预报。

初二暑假，烈日炙烤着大地，庄稼连日干旱，已奄奄一息，台风要来的消息成了左邻右舍饭后闲聊的谈资，大家像盼过年一样盼着台风的到来。

终于，狂风裹挟着暴雨，气温一下子降下来了，可是田里的黄瓜棚、豇豆棚都被台风撕开，凌乱地倒在地上，屋后的竹园像被猪八戒的屁股拱了一下。

队里“海龙王的女儿”到处散布消息：江边的鸭棚都被台风吹倒了，因为是晚上，许多惨遭不测，死在鸭棚内，幸存的鸭们估计也被吓出了精神分裂症，有的横冲直撞，直接变成了残疾鸭，有的则扑向江心，无家可归，老板见此惨景欲哭无泪，加上无处可居，只得折回老家去了。

听到这则“好消息”的母亲坐不住了，带上我与二倌，拿上蛇皮袋、绳子、剪刀等家伙，各自骑着自行车出发了。

母亲带着我们直奔鸭棚的方向而去。我们地处长江入海口，习惯性把江称为海。所谓的靠海吃海，捉螃蜞、掰芦苇叶等来补贴家用，平时母亲总会

天外黑风吹海立，浙东飞雨过江来。

——〔宋〕苏轼《有美堂暴雨》

利用闲余时间去淘海滩，所以鸭棚的位置母亲是清楚的，她轻车熟路不一会儿就到了。

成片倒伏在地的芦苇，三三两两的鸭子尸体，远处漂浮在水面的木棍、烂草，无不在显示着台风的威力。

“看，这儿有个鸭蛋！”二倌举起一枚雪白的鸭蛋向我们挥手，我跟母亲则在岸上准备蛇皮袋。

“这里有一只活的，折了腿。”二倌兴奋地向母亲汇报新情况，母亲将这只残疾的鸭子用绳子捆住双脚，绑在她自行车的后座上，我跟二倌将全尸鸭装进蛇皮袋，只一会儿工夫，娘仨就把一只蛇皮袋装满了。“这些鸭子好多了，妈，我们回家吧！”我提议。

“不行，这么多鸭子，再弄一袋可以给隔壁邻居分点，给外婆两只，给娘舅两只，给……”

我们又装了一大蛇皮袋。

潮水渐渐退去，二倌返回潮水退去的地方捡鸭蛋，这时换成母亲催促我们回家了，二倌和我好舍不得走，一心想着捡鸭蛋呢。

“你们两个拎不清的，是不是要等老板回来发现，然后把你们押在这边。”

听到这话，我俩吓得赶紧上岸，乖乖地跟母亲回家了。

已是午饭时间，我们娘仨匆匆就着咸菜简单吃点汤淘饭（白开水冲冷饭），放下筷子立刻收拾鸭子，因为担心时间一长，鸭肉会变质。

母亲烧了一大锅开水，将鸭子烫泡一下拔毛，然后母亲给每只鸭子开膛破肚，我跟二倌负责去内脏，流水线般麻利地干起活来，弄了小半天，一只只洗净去毛、去内脏的鸭子全部集中在了大盆里。

有两只洗净之后，母亲预先放了盐跟料酒腌好，此时鸭子已入味，正好可以放入油锅中炸。我跟二倌一会儿烧火，一会儿立到灶台边，油炸鸭子的香味早把我俩的口水引得往外流，酥酥脆脆的鸭子终于出锅了，我跟二倌两个居然吃下了整只鸭。“看来肚子里真的没啥油水了。”母亲看我们狼吞虎咽的样子感慨道。

余下的鸭子，母亲用盐把它们腌制好，或送人，或留以后慢慢吃。

美味的鸭子是台风赐予我们的礼物。往后几年，我跟二倌总盼着狂台风能再来一次。偏偏，福地常熟，狂台风从来都是绕着走的。

争夺食物

微信好友李迪，人称“十八”，在朋友圈发了三张图片，内容是油条泡的汤，并配以文字：油条酱油汤，难得吃，味道真的蛮好，我们这代人生逢改革开放经济上升期，从吃根油条也是奢望，到望着大鱼大肉头昏，不知不觉中变化最大的是年纪。

同龄人对很多事物的记忆都是相似的，不同的是其背后的故事。用酱油汤泡油条是小时候的最爱，这也饱含着爷爷对我们的爱，总是期待着喝早茶的爷爷能带回两根“油石灰”。

爷爷有喝早茶的习惯，每天早上四五点，他就会起床到福山南苑茶馆喝早茶。早茶喝完，有时候爷爷就会带回两根“油石灰”。见到“油石灰”，二倌总是会一把抢过来，拿着两根油条不停地对比，看哪一根大一些，比来比去长度一样，粗细一样，她张嘴咬下一大口，就把其中一根咬掉一半，然后给我。我心里气呼呼的，每次都这样，这时候爷爷就会说：拔掉她的狗牙（妹妹属狗），样样都要尖胜个（占便宜的意思）。很奇怪，我的心里就平衡了。妹妹狼吞虎咽，一会儿，属于她的一根就没了。于是又来打我的主意，“姐姐，我还想吃”。我看她馋得厉害，就又撕一点点给她，我刚撕

他三人将三个果各各受用。那八戒食肠大，口又大，一则是听见童子吃时，便觉馋虫拱动，却才见了果子，拿过来，张开口，毂辘的囫囵吞咽下肚，却白着眼胡赖，向行者、沙僧道：『你两个吃的是什么？』沙僧道：『人参果。』八戒道：『什么味道？』行者道：『悟净，不要睬他！你倒先吃了，又来问谁？』八戒道：『哥哥，吃的忙了些，不像你们细嚼细咽，尝出些滋味。我也不知有核无核，就吞下去了。哥啊，为人为彻。已经调动我这馋虫，再去弄个儿来，老猪细细的吃吃。』

——《西游记》第二十四回 万寿山大仙留故友 五庄观行者窃人参

完，只见她一咽，油条又没了。爷爷发话了："老二倌你跑边上去，等姐姐吃完了你再来！"又对我讲："囡囡，你吃得快一点，不然她又要来抢了。"

二倌可能是属狗的缘故，鼻子特别灵敏,家里有什么好吃的，都逃不过她的狗鼻子。我的食量又小，毫不夸张地说，她总能吃到我两倍的食物，跟"二师兄"有得一拼。一次，刚吃完饭，爷爷就给我俩每人一个大苹果，二倌当场就吃掉，用母亲的话来说，她的胃是弹性巨大的。而我是想吃也吃不下，寻思着，藏哪她才找不到呢？见到眼前用芦苇席子围着的谷囤，我当即决定就藏在此处吧。于是我背着二倌将苹果藏到了谷囤里，这次二倌还真没找到。

过了几天正值周末，就我跟二倌两人在家，不知道因为什么事她哇哇大哭，怎么安抚都没用。我突然想到那只还埋在谷囤里的苹果。

"二倌，姐姐带你去吃好吃的。"我说。

"姐姐，是啥呢？"二倌问我。

"苹果呀，我的苹果。走，我带你去吃。"我拉上二倌来到谷囤边，把苹果挖出来，我挖着苹果，二倌说："姐姐，你真聪明，居然把苹果藏到了谷囤里。""要不然早被你找到吃掉了。"我得意地说。谁知苹果挖出来我就傻眼了，苹果已经被谷子吸干了水分，皱巴巴的像老奶奶的脸。二倌接过这只干瘪的苹果，在衣服上擦了一下一口咬下去："姐姐，不好吃。""不好吃，那就别吃了吧。"我说。"反正比山芋好吃。"二倌边吃边说。只一会儿工夫，这只干瘪的苹果就下了她的肚子。食物总能给二倌带来愉悦，看着二倌大快朵颐，那一瞬间觉得她的好胃口就是老天赐给她的福。

小心思

二倌总是充满奇思妙想，让人对她刮目相看。她还爱为我们所有人打算，小到节约开支，大到为姐愁嫁。当然闹出的笑话不少，为少年时平淡的生活增添了不少色彩。

一日正午，妈妈汗水直流地从外面贩卖蔬菜回来。“天真是太热了。”母亲边擦汗边说。“妈，我给你提井水喝！”二倌机灵地去用木桶提了井水给母亲喝。“哎呀，我家二倌真是长大了，会心疼娘了。”母亲虽累却开心。二倌用她准备好的碗去舀木桶里的井水给妈喝，母亲还没把水喝完，二倌就急急地问：“妈，井水鲜不鲜？”

“当然鲜了，今天的井水特别鲜！”母亲“咕咚咕咚”喝完整碗水，才回答二倌。

“那是肯定的，我今天把你昨天买的一袋味精都撒在井里了，以后我们烧菜都可以不放味精了！”二倌得意地说。

“什么？放了味精？”母亲惊讶地看看二倌，又到灶间去看那袋味精。

“菊花味精，鲜是鲜得嘞！”二倌学着广播里的广告朗声朗调。

爷爷回家了，母亲立即向爷爷告发二倌做的“好事”，爷爷说只有我老徐家才有这么好的脑瓜子想得出办法。母亲说你这样包庇孩子，我看她们以后要怎么办。

暑期，电视剧《射雕英雄传》正播得火热，我妈的包缝衣服活却比平时更忙了，老板天天催着她出活，甚至夸张地派出老板儿子在包缝车边等我们手中的活，老板说要拿我们的活当样品出样的。没办法，我妈只得紧盯着“剥削”我们两个童工，我们姐妹俩却被电视剧迷得神魂颠倒，心中只有靖哥哥与蓉儿，只要一播这个电视剧就再没心思帮母亲干活了。为此母亲将黑白电视机搬到楼下，我们包缝的包缝机则依然在二楼，从此，我们“人机分离”。

《射雕英雄传》都是在吃过午饭后开始重播的，母亲烧好午饭叫我们吃，我们让她先吃，等她先吃完，我们再下楼吃，就这样见缝插针利用吃中饭的一点点时间来看电视。

“你俩饭吃好了没呀？”母亲在楼上喊。

“好了，好了，快好了！”我们说，其实饭一早吃好了。

过了一会儿，母亲又重复喊我们。

“你们吃的是不是喜酒呀？再不上楼干活我要把电闸拉了！”母亲从阳台栏杆上探出脑袋朝楼下吼。

“妈，我们洗好碗就上来！”我讨好地说。二倌则如箭离弦般三步并作两步冲上二楼，我也紧跟其后。

每天午饭后我们总会这样跟母亲推诿扯皮，延长时间，以期能多看几眼《射雕》，虽然母亲发了千千万万遍火，但收效甚微。

过了两天，母亲说，你们一个在楼下索性看到一集结束，拿点其他活边

人皆养子望聪明，我被聪明误一生。惟愿孩儿愚且鲁，无灾无难到公卿。

——苏轼《洗儿戏作》

看边干，另一个在楼上包缝，看过的讲给没看过的听，这样行不行？我跟二倌勉强接受了母亲的改良政策，并约定两人轮流看电视。可这样轮着才看了两天，第三天轮到二倌看电视，她刚上楼，母亲就说要下楼拿东西，等她上楼我俩得到一个郁闷至极的坏消息，母亲说她刚刚下楼听到电视机虽然关了但发出“嗞嗞”的响声，摸了一下电视机很烫，刚好隔壁卫明来我家，她就问了卫明，卫明讲我们家的电视再看就要爆炸了。

“什么？爆炸？”我跟二倌大惊失色。

“对，是要爆炸的。”母亲说。

“可是还有好多集呢！怎么办？”我沮丧地说。

“可以到同学家去看的。”二倌脑子转得飞速。

“你们想得出的，去同学家看，人家看电视不要电费吗？”母亲反驳道。

“她们自己看本来就要电的，我们去了又不会增加。”二倌回嘴。

“反正不能去啊，家里的活太多，过几天我让人过来修，你们放心啊。”母亲严肃地说。

晚上，我跟二倌躺在床上，担心看不到电视怎么办，两人商量着各种方案，好像只能到同学家去看了，可这样母亲是肯定要打我们的呀。

“姐姐，电视机爆炸，我们只要戴着头盔看不就不害怕了吗？”二倌说。

“嗯，行行行。可是我们哪有头盔呀？”我说。

“可以用双耳小铝锅代替呀!”二倌说。

我激动地想幸好有这么一个高智商的妹妹，真是没什么能难得倒她的。

第二天吃完午饭，二倌戴上经过烟熏火燎黑乎乎的“头盔”，手拿一根一米多长的小竹竿，撅着屁股，人前倾，用这根竹竿去戳电视机上的开关，电视机开了，电视机里郭靖正跟老顽童在一起呢。我俩兴奋异常，我被二倌事先安排在灶后，因为只有一个“头盔”，二倌让胆小的我从灶眼里看电视，从灶眼里看电视人既要弯腰，头又不能多动，才十几分钟，整个人就僵了。我让二倌把她的“头盔”借给我，可她却不肯，她灵机一动到煤气灶上拿了个炒锅让我挡在头上，把身子探出来看，万一有个什么情况就用这个炒锅挡一下。

“你们在干吗？”卫明到我家来，看到我俩的样子满脸诧异地说。

“你不要过来，我们的电视机随时要爆炸的，当心把你炸伤了！”

我说。

“什么爆炸？电视机怎么会爆炸？”卫明说。

“不是你对我妈说的吗？”二倌反问卫明。

我俩瞬间明白了，俩人冲上楼去质问我妈为什么要骗我们，我妈不惊不慌地说：“前两天我还想放长线钓大鱼，放你们看了两天，好了，看来还是我亏了，就不该让你们看电视。”

“小兰，小兰。”老板儿子在楼下叫我妈。

“啥事情？”我妈到阳台又探出她的笨脑袋。

“今天这是最后50件了，明天开始要停几天，这两天衣服不好卖！”老板儿子说。我跟二倌跳起来，拍手称好，真是天助我们也。

“唉！真要命的，放你们去看电视吧，还是邓丽君唱得好，‘夕阳有事情，黄昏有事情，人人有事情’，放你们几天也蛮好的，让你们看看电视。”母亲无奈地说。

我妈真是的，明明是“夕阳有诗情，黄昏有画意”，又乱改歌词。

哈哈，我们姐妹俩是一个无敌联盟，从没有什么困难能阻止我们去做我们想做的事，无论是看电视还是其他。

第肆章

母爱铿锵 披荆斩棘

风雨飘摇也是家

那年，我已读小学六年级，如男孩般短发的二倌也已经是四年级学生了。

在我们的记忆里，嗜赌如命的父亲只是偶尔回家，每次回家都是跟母亲吵架，甚至对母亲大打出手。多年的吵闹，终究以母亲提出离婚收场。

离婚时，父亲提出二倌由母亲抚养，而我则由父亲抚养。母亲问他这么做究竟是为了什么，父亲如实说：大女儿跟了我，初中就不准备让她上了，去包缝挣钱。母亲勃然大怒，她不能理解他居然对自己女儿也残酷无情，她不能答应，她决不允许父亲带走我们其中的任何一个，害怕他把我们的前途毁于一旦。母亲说，别的都可以谈，唯独女儿必须全部归她抚养，本就重男轻女的父亲以财产不公平分割作为条件，答应了母亲的要求。

娘舅们听说了不平等条约，劝说母亲要理性面对，特别是一个女人带着两个孩子今后要怎么生活，这绝不是冲动就能决定的，让母亲考虑清楚。可母亲只当耳旁风，依然我行我素。

离婚协议约定：家里住的舒适的二上二下的连体小楼房归父亲所有，母亲自愿放弃，我们娘仨则分到一个鱼棚及鱼池，粮田则按人头分配，只有母

可爱的家，可爱的家，我走遍海角天涯，总想念我的家。离开家乡的浪人，一切都不会动我心，只要让我回到我简陋的家园。那些听我召唤的小鸟快飞回我跟前，让我重温平静的生活比一切都香甜。可爱的家，可爱的家，我走遍海角天涯，总想念我的家。

——苏格兰民歌

亲的陪嫁品归她所有。父亲向小娘舅骗取的5000元赌资也压在了母亲的身上。

鱼棚离队里成片的农宅距离较远，中间又隔着一个鱼池，感觉像到了荒郊野外。鱼棚共有两间，一间是养猪的猪棚，另一间堆放鱼饲料等杂物。鱼棚的墙面是用泥巴捣烂了砌成的，干结的泥土从墙缝中钻出，形成小疙瘩，有的已脱落。墙面并未粉刷，一块块红砖裸露着，砖与砖之间泥巴掉落的地方已里外相通。屋顶是用稻草盖的，门是用竹片钉的，每个缝都能伸进一个手指头。

母亲先到鱼棚，把里面的废旧物、鱼食、农具等整理清扫，然后带着我们将收拾好的物品用人力板车往鱼棚内搬。

通往鱼棚的农田小道高低不平，平板车的轮子陷在坑里出不来。我们娘仨试了好几次都拉不过这个大坑，母亲说这样不行，我们要借冲力出坑，于是她在前面指挥我跟二倌，让我俩退至两米开外的距离。我们学着学校里百米赛跑的样子，单膝下跪，双手撑地，母亲喊："预备！"我们一条腿伸直，"冲！"母亲道，我跟二倌像离弦的箭一样向前冲，借着爆发力用力往前推，我们娘仨齐声喊"一、二、三"，母亲全力往前拉，这个办法真的让车轮出了坑。母亲露出欣慰的笑容：幸亏有了二倌，要不然这个坑就过不去了。来来往往多次，忘了陷入坑中几次，但我们娘仨齐心协力把东西都顺利运到了鱼棚。

母亲的那些嫁妆早已失去了当年的风采，都被拥挤地摆在这间屋子里了。我们连张床都没分到，母亲将两张长凳放在东西两侧，上面搁一块竹塌就是一张床，从此我们娘仨吃喝拉撒都挤在这间屋里了。

“这算什么家呀！”二倌不开心。

“我们这里很好呀，有大鱼池，隔壁还有小猪陪着我们。”母亲说。

“嗯，倒真的是，有小猪陪我们呢！”二倌点点头。

“真是世外桃源呢！”我接上二倌的话。

晚上，母亲嵌了油片，烧了一大碗青菜，倒上三碗热气腾腾的开水。

刺骨的寒风从墙缝中钻进来。“来，干杯！以后这就是我们的新家了！”母亲举起碗，寒风没能阻止我们共进晚餐。

“太冷了！”二倌打了个寒战。

“没事，我们有的是棉被，等会儿上床多盖两条棉被就没事了。”母亲说。

吃完饭，母亲在床上支起厚厚的蚊帐用于抵御寒风，帐顶用旧床单盖上，床头床尾也用旧床单围住。晚上躺在全副武装的床上，母亲没有讲父亲的坏话，也没有哀叹命运的不公，我们娘仨躺在床的两头，我跟二倌一头，母亲一头，母亲在中间，我俩在两侧，安心入睡。

风雨飘摇也是家，从此母亲在哪家就在哪。

救济

寒风将鱼池内枯黄的芦苇折倒，风搅得池内阵阵波浪拍打着堤岸“砰砰”作响。“呜呜呜”风如虎啸，它们在空中、在地面作威作福，无孔不入，无缝不钻，风穿过墙壁的缝隙，土渣簌簌掉落，把在鱼棚内的我们母女三人冻得缩头缩脚。

再过几天就要迎来新年了，可我们娘仨的晚饭，除了每人一碗白米饭，只有一大汤碗热气腾腾的青菜了。母亲在饭盒内捞上一块猪油放进菜碗里，猪油慢慢化开，用筷子一搅，油脂香扑面而来。自父母离婚后，母亲一人带着我们姐妹俩，日子过得很是清苦。

“小兰，小兰。”一个陌生中年女人在竹片门外喊，“开一下门，太冷了，太冷了！”中年女人边跺脚边说。

大冷天的会是谁呢？母亲早已在竹片门后钉上了蛇皮袋旧布条抵御风寒，也就看不清来人了。

“哎呀，是陈主任，赶紧进来，赶紧进来！”母亲将来人请进屋内，此人正是村妇女主任。她一手提着棉被，胳膊下还掖着一个包。这人以前一度被母亲视为娘家人，母亲受到家暴时总会向她求助，可究竟也是收效甚微。

石可破也，而不可夺坚；丹可磨也，而不可夺其赤。

——《吕氏春秋·诚廉》

“小兰，你这个屋太冷了，娘仨住在这里行不行呀？”陈主任用关切且同情的语气询问。

“陈主任，可以的，多盖两条棉被就可以了。”她边说边指着床的方向，把陈主任拉到床边。

“陈主任，你看，我把床四周都围起来了，床顶也蒙了尼龙纸，还加了被单，不冷，不冷。”母亲极力打消陈主任的疑虑。

“哎呀，你这个床搞得……”陈主任一时语塞，竟找不出词汇，怔在那儿。

“唉，你一个女人带两个孩子是真不容易呀。”陈主任边说边从包里掏出一个黄色牛皮纸信封，“这里有50元钱，还有一条棉被，是我们大队到年底照顾你们娘仨的，拿着钱买点肉过年。”陈主任把钱和棉被塞到母亲手中。

“陈主任，我们是一时困难，你看，我身强力壮，有能力养活两个孩子的，你把钱和棉被送给更困难的人吧！”母亲推开陈主任递过来的钱物。

“这是村里的一点心意呀，你千万不要有啥想法，大家都知道你的情况的，又不是装可怜。”陈主任补充道。

“陈主任，我两个女儿很快就会长大，她们以后还要挺直腰杆做人的，我不想领村里的接济，但仍要谢谢你们。”母亲坚持着不肯收。

陈主任拗不过母亲，只好把钱物收起来。

寒暄几句后，陈主任就离开了。

“妈，为什么不要呢？”陈主任前脚刚踏出家门，二倌就问母亲。

“是呀，是呀，为什么不要呢？”我也纳闷，煮熟的鸭子怎么就让它飞走了。

“人穷志不能短，蒸馒头么蒸口气，做人么更要争口气，你们姐妹俩都是聪明姑娘，只要勤恳、踏实，以后的日子照样比别人过得好！”母亲摸摸二倌的头。

“人的一生是起伏不定的，就像江里的潮水，有涨潮也有退潮，小时候吃苦不算苦，只是一种经历，老来苦才是真的苦，人这一辈子的苦是有数量的，你们现在把这一辈子的苦日子先过完，那么以后剩下的可都是甜日子了，想想你们多幸福。”

听着母亲的理论，我跟二倌暗暗庆幸，我俩真是太走运了，居然是过先苦后甜的日子，正好应了那句老话：先苦后甜，赛过神仙。

洗漱完毕，上床睡觉。我俩偷偷地幻想以后的幸福日子，二倌说她以后想有吃不完的红烧肉、大鱼、鸡蛋糕、橘子罐头、棒冰、蜜枣。“你光想着吃的了。”我对二倌说。“对了，姐姐，到时候我还要住漂亮的楼房，买新衣新鞋，还要，还要买许多书……”我俩憧憬着，幸福地盼着甜日子的到来。

求　学

临近中考，学习更紧张了。母亲却开始喋喋不休，目的是要我放弃继续读书。

20世纪90年代初，改革开放的春风吹遍了神州大地，特别是我们长三角地区更是火热，市场经济蓬勃发展，企业需要大量的劳动力，同村同年级的几个女孩子经不住诱惑先后辍学，都去当服装厂的流水线工人了，更要命的是，她们的家庭经济情况都比我家好。

母亲说，人只要有一技，就什么都不怕了，所谓荒年饿不死手艺人，她苦口婆心劝我也要去学做服装。我哥也就是我继父的儿子，也在初二辍学回家学做木匠，他比我大一岁，好像是小时候留了级，所以后来和我同级，偏不凑巧，初中还跟我分在同一个班，为此我也没少受同学们的嘲笑。他因无心上学成绩较差，自然辍学学了木匠。母亲嘴上说她跟继父已无力供养三个孩子，其实母亲真正的难处是一个女人带着两个孩子改嫁，作为继母她要做得公平，做得公正。继父的儿子不读书了，在母亲的心里我也不能读书了，这是多年后母亲告诉我的。

只要跟母亲在一起，她就开始无休无止地劝说，还说10个人中有9个人都在走这条路，随大流，错不了。可我对母亲为我作的打算并不买账，是吃了秤砣铁了心要继续上学，因为在我的心里早已坚定了读书改变命运的信念。

“你想读书也没用的，我今天告诉你，你跟了我，就要听我的话，想上学是不可能的啊，你最好能想明白啊！”母亲对不为所动的我说。

“我就是要读书，春游可以不去，衣服可以不买，但学我是一定要上的！”我顶撞母亲。

放学回到家，照例要帮母亲包缝挣钱，我边干活边背英语单词。“吵得我脑壳疼，你能不能不要出声？”母亲厌烦极了。于是，我在心里默背，心想：这你管不了了吧！

中考前，学校邀请全年级前100名的家长去学校开家长会，辅导填报志愿事宜，我也在其中，当时全年级11个班，每班有五十多名学生，共有学生约六百人，能轮到开会的学生家长都感到十分荣幸。我知道母亲是不会去参加的，就对班主任谎称母亲的活太多，没时间来参加！

中考成绩出来，对我家情况十分了解的班主任邹老师找到我，兴奋地告诉我：今年省里有政策，填报常熟卫校乡村医士班有补贴，学费基本全免。我听了，真想立刻冲回家把这个好消息告诉母亲，真是天助我也！可是又一想，等录取通知书来了再说也不迟，免得她又要用言语来打击我。

叮铃铃……邮递员叔叔拿着录取通知书在门外喊，“是徐月红家吗？”“是的是的！”我兴奋地回答道，捧着录取通知书，我赶紧把这个好消息告诉全家。

“不要做梦了阿，过两天就去服装厂上班！”母亲瞧都不瞧通知书，板着脸说。

“不去，我不去，这辈子我都不做服装，我只读书！”我边哭边说，嘴上这么说，可心里却没底，感觉继续上学基本上是没什么希望了。

“你不去，你要知道初中三年也是你跟了我，才让你上的，要是跟了你爸，你试试看，女生初中文化足够了，出个门也丢不了了！”母亲讲着她的道理。我不说话，也不理她。

我开始以绝食对抗母亲。

“姐，明着对抗不划算，反正妈又没看见，只管吃，肚子是不能亏待的。”二倌劝我，想想二倌说得有理，我也就偷偷吃了她捏给我的饭团。

晚上，大人们都已入睡。

“姐姐，我烧晚饭时藏了锅巴，我们去炸锅巴吧！” 二倌跟我说。

“好呀！”我想想都要流口水了。

“姐姐，声音轻点，不要开灯，当心被妈发现！”二倌吩咐我。

二倌到衣柜里取出半张锅巴，借着月光我看得清清楚楚。农村烧饭都是用土灶烧的，等饭锅开了，如果是硬柴烧的，火势猛烈自然就出锅巴。如果是稻柴（即软柴）烧的，那么隔个半小时左右会再烧上一两把火叫催饭火，等催完饭火，带焦香的锅巴就成了，出锅时香香脆脆的总能吃上一大块。

我们不敢开灯，我打开手电筒，二倌在煤气灶的油锅内倒上菜籽油，等油热后将锅巴掰碎入锅，等它们炸至金黄就出锅了。“姐姐，把盐罐头拿过来，撒点盐花！”吃货二倌指挥我，撒上盐花，咸鲜的锅巴立即就入了我俩的口，美味至极！我俩边吃边炸。

“半张锅巴还是少了些，不够吃，要不，我们炸饭团试试！”脑子绝对

人心惟危，道心惟微，惟精惟一，允执厥中。

——《尚书·虞书·大禹谟》

好使的二倌建议。

“行！”我俩做了一个小饭团，放到油锅里，没想到一下锅，米粒就散开了，根本不行。

“等过几天有机会再炸吧，家里都是油烟味，被妈发现了就不得了了。”我说。

“好吧！”二倌和我只得作罢，于是姐俩开门窗通风，又将油锅清洗干净，把“作案”现场打扫得干干净净，免得母亲第二天看出什么端倪。

这样，“绝食”的我反而比平时吃得还多呢。

第二天，母亲喊我吃饭，我只管埋头干家务，一声不吭。

午饭后，隔壁的翩牙娘娘到家来八卦。翩牙娘娘平时消息灵通，左邻右舍、十里八里的事她都知道个一二，不知道是不是这个原因，队里人都亲切地叫她“翩牙娘娘”，至于“翩牙”二字是不是这么写的，无法考证，反正我日记里就一直这么写的。

翩牙娘娘一惊一乍地向母亲讲述她听到的新闻。

“小兰，你听到新闻了没？”翩牙娘娘问我妈。

“没有呀，我要紧干活都来不及，上哪儿去听新闻？”母亲说。

“哎哟，一个16岁的小姑娘太作孽了！”翩牙娘娘放出新闻主线。

“啥事情？”母亲追问。

“喏，就在昨天，投井自尽了！”翩牙娘娘讲新闻喜欢一点点地挤，吊人胃口。

“为了啥事要想不开？”母亲停下手中的活。

“不就是为了她妈妈不让她上学，听说考取了中专，她妈妈非要让她去服装厂上班，这个小细娘也是真烈，这下好了，人也没了！”翩牙娘娘两手一摊。

“这些个孩子真让人操心，唉，你说养他们干吗，眼看养到16岁了，还不理解父母的心，父母也是没办法，再讲做服装有啥不好的，都想做书呆子，读书又有啥好的？真想不通！”母亲唉声叹气道。

“谁说不是呢，你看我家孙女，现在到了服装厂，吃用都是厂里，还有大把的钞票，如今更是连摩托车都买了，现实惠，多好！将来出嫁时小细娘早挣钱，谁家娶到她嫁妆多到要放不下，我看是要弄点存折当嫁妆了！”翩牙娘娘看看我，这话明显就是对我说的。她孙女也是和我一届的同学，初二就辍学去服装厂上班了。

“谁有你家的福气哦，孩子多听话，我是前世作多了孽，一个个不省心！”母亲朝我瞪眼。

第三天一早，母亲喊已“绝食了两天”的我吃饭，我当然继续不吃，母亲无奈地说：“算了，就让你去读书吧！”

“真的吗？你可不能骗我！”我不信母亲的话，更搞不清母亲为何改了主意。

“学是让你上，但是我丑话说在前头，你周末回来必须要帮我干包缝的活，完不成任务不能去上学”。

“嗯，我一定完成任务！”此时，任务在我眼里都不是什么任务了。

这时翩牙娘娘正好端着饭碗来我家，听到母亲和我的对话，她说：“小兰，你嘛还是太心软，小孩子么照你这样管不行的，啥她想去上学你就让她去，一点大人的辣水（常熟方言，厉害的意思）也没有的！”翩牙娘娘煽风点火。

“唉，我家细娘的脾气我是知道的，也蛮倔强的，你说她万一要像昨天你讲的那个小细娘一样，那我养了16年的女儿岂不是白养了？”看来母亲是受到了惊吓，才作出的决定。

“倒也是。”翩牙娘娘勉强附和。

“其实我一个人也作不了主的，也是昨天晚上跟阿福（继父）商量后作出的决定。”母亲为难地说。

至今都不知道这个投井的姑娘是谁，可是她却在冥冥之中以付出生命为代价帮了我的大忙，让我得以继续我的学业！

一念之差

只要活着就有希望，这是困境中母亲常说的话。

我的母亲因为无法改变赌钱不归家的父亲，只得一个人带着两个女儿生活。用母亲的话说如果父亲不回来问她要钱，如果父亲不经常打她，那么即使她一个人带两个孩子，她也是不愿意离婚的。离婚，她没想过对自己的伤害，却担心当时农村里其他人用异样的眼光来看我们姐妹俩。用现在时髦的话来说，母亲的婚姻是丧偶式婚姻。

农历年底，输红了眼的父亲半夜时分突然闯进家，他摇醒还在睡梦中的母亲，问她要钱，面对突如其来的情况，母亲愣住了，但她很快清醒。

“哪有钱啊，我要养两个小孩，真没钱了！”母亲惊慌地解释说。

“你最好老老实实说，否则有你好受的，你想想清楚再说有没有！”父亲的太阳穴上青筋暴露。

“没有就是没有。”母亲斩钉截铁。

“到底有没有？”母亲的话音刚落，父亲的拳头就打到了母亲的身上，他歇斯底里的咆哮声吓醒了我跟二倌，我跟二倌见到眼前的情景吓得大哭起来。

父亲开始翻箱倒柜，大衣橱里的衣服被他扔得到处都是。

“你带二倌到爷爷房间去。”母亲凑到我耳朵旁小声说。我拉上还在哭的二倌跳下床。

“你们去哪里？”父亲指着我们，我俩赤着脚，穿着单薄的内衣，已不认识凶神恶煞的他。

“去……去……去爷爷房间上厕所。”我俩赤着小脚站在冰冷的水泥地上，我害怕极了，怯声道。

“半夜三更上啥厕所，你们当我是傻的吗？”面部扭曲的父亲朝马桶边走去，他把卫生纸朝窗外扔，趁这时候我拉上二倌往楼下爷爷的房间冲。到爷爷房里，马上把房门反锁，钻进爷爷的被窝里。

没拿到钱的父亲像发了疯似地双手抓起母亲的头发把她的头往墙上撞，脚上穿着“老K皮鞋”踢母亲。丧心病狂的父亲恨不得把母亲杀了。

爷爷追上楼，拉住还在发飙的父亲，母亲趁着黑夜逃出父亲的魔爪，在弄堂里摸黑找到父亲从楼上扔下的卫生纸，原来母亲把钱用米糊糊住藏在卫生纸中间。可怜的她身上仅有一身内衣，在瑟瑟的寒风里又不敢哭，只能抄小路回娘家。

第二天娘舅们来到我家讨说法，可父亲已不知去向，想打无对手，只得作罢，母亲看到年纪尚小的我跟二倌，只得又留下。

第三天，我跟二倌已上学，母亲越想越委屈，在二楼主卧打开了农药甲胺磷的盖子，决意要离开这个让她绝望透顶的世界。我的大娘舅上着班又担心他这个唯一疼爱的妹妹，决定来看看她。在楼下喊了母亲的名字也没有回应，觉得不对劲，于是来到二楼，母亲听到楼梯上的脚步声，迅速将农药瓶

伟大的心胸，应该表现出这样的气概——用笑脸来迎接悲惨的厄运，用百倍的勇气来应付一切的不幸。

——鲁迅

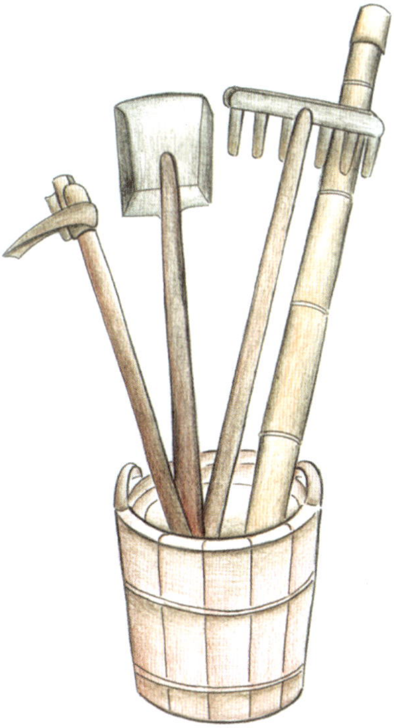

藏到床底下。

“小兰，我在楼下叫你，你为什么不回应我？”大娘舅问母亲。

“我没听见。”母亲说。

大娘舅闻到了刺鼻的农药味，警觉的他四处察看，很快他的目光就扫到了那瓶开了盖藏在床底的农药。娘舅颤抖地拿出那瓶农药。

“小兰，你这是要干什么呀？”

母亲放声痛哭。

“你可不能想不开呀，你上有老下有小，让娘知道了，她会担心死的。再说你才40岁都不到，人生路还很长呢。”大娘舅劝母亲。

“你连死都不怕了，还怕啥，你还有两个女儿呢，你万一有个啥，让她们怎么办？她们是你身上掉下来的肉呀，她们最最可怜了。”大娘舅说。

“哥，你放心，我以后不会想不开了。”大娘舅戳中母亲的软肋，母亲也就表了态。

这件事也是在我结婚后母亲才告诉我的。

又过了几天，到了周末，我跟二倌照例快乐地跟小伙伴们玩。到了午饭时间，我跟二倌从门外一路喊进家门：“妈，我们回来了！”

家里十分安静，奇怪，母亲不在家吗？

“妈，妈！”二倌指着躺在小门板上的母亲大惊失色，母亲躺在一块破旧的门板上，我也看出了异样，姐俩几乎同时冲到了母亲跟前。

“妈，妈，你有没有死呀！“二倌用力地摇着母亲。

“妈，妈！”我也呼唤着母亲，可母亲一动也不动。惊慌失措的我们哭得天昏地暗。

“你们俩不要哭了，我不是好好的吗？”母亲睁开眼，抚摸着二倌的头，看着我们姐俩。

“妈，你刚才为什么不答应我和姐姐？”二倌质问母亲。

“是呀！”我附和。

“我就是想试试要是你们姐俩没了我，能不能自己生活了。”母亲平静地说。

“不能，不能，肯定不能的，妈！”我似懂非懂地隐约猜到了母亲的念头。

“看来是不能，以后我不会装死了，我们一起过日子！”母亲一把搂紧我们。

为了我们，母亲从此坚强起来。一念之差，我们差点失去母亲，一念之差，也让母亲坚强。感谢母亲当年的选择，让我们得到如此伟大的母爱，庇佑我们的人生。

一只气筒

狠心的父亲在跟我母亲离婚后就换了家里所有的钥匙，伤心的爷爷则被打发去了姑姑家。

话说我们搬到鱼棚后，发现自行车的打气筒没有带过来，二倌就说要去拿，母亲因为被父亲吓怕了，担心他会做出什么举动伤害我们，于是嘱咐我们不许去父亲家里拿打气筒。

一向不服输的二倌对我说："姐姐，我们趁着他不注意的时候溜进去拿，不就神不知鬼不觉了吗？没事。"

我们学着八路军的样子，来到我家屋后的竹园内埋伏，进行一番暗中侦察后，发现没有动静，立即准备行动。但大门紧闭，根本进不去，只得重换方案。

我跟二倌来到隔壁家打听，邻居说已经好几天不见我父亲了，也不知道他人上哪里去了，隔壁家的房子跟我家是相连的，二楼的阳台中间砌一道矮墙，只是用来防君子的，只要垫个凳子就能过到另一家。二倌借来一张凳子，她站在凳子上，两手用力扒住墙顶，一只脚跨上墙顶，另一只脚用力一蹬，两腿分开稳稳地坐在了墙顶上，"扑通"一声，二倌就跳到了自家阳台上。

“二倌，你怎么样了？有没有摔伤？”我问。

“好着呢，一点事都没有。”二倌说。

“你看看门有没有开呀？”我问。

“你不用管了，到楼下大门口等我就是了！”二倌不耐烦地说。

我家二楼与一楼之间的楼梯口有一扇门，这扇门一开，就能到楼下。二倌一看，才发现楼梯门紧锁，这可怎么办？仔细察看才发现这扇门上面的窗户打开着，二倌就寻思着能不能通过这扇窗户进到里面。

“姐姐，姐姐！”二倌探出脑袋在楼上喊我。

“怎么了？”我问。

“你到隔壁去，搬个高凳子给我！”二倌命令我。

“你要它干吗呀？”我问。

“你别问了，派用场！”二倌说。

我跟隔壁的小伙伴在二楼阳台上把凳子传给二倌，可是二倌垫着凳子还是够不到窗檐。她在凳子上跃起，试图够到窗檐，可还是差一点点，要怎么办呢？

“姐姐，姐姐，你搬几块砖给我！”二倌命令我。

“要它干吗？”我问。

“你别问了。”二倌不耐烦了。

我又去找砖，从阳台上递给她。二倌把砖放到凳子上，人就站到砖上，她使出浑身力气往上跳起，终于手抓到了窗檐，结实的二倌用臂力引体向上，然后一只脚跨上了窗檐，克服重重困难的她终于到达了窗檐上，心想终于可以跳下去开门了。

新的问题又来了，人是上来了，可怎么下去呢？门后面除了一平方米不到的水泥地面，接下来就是狭窄的楼梯了，直接跳下去下面又没有垫着的物体，会不会摔伤？此时的二倌心里忐忑不安，束手无策。算了，就此一搏吧。二倌纵身往下跳。她跳到水泥平台上人没站稳，直接就往楼梯下滚，滚到一层与二层之间的平台还是没能停住，惯性把她直接送到了一楼，二倌滚到离楼梯口两三米的地方才停住。她躺在地上一动不动。

“二倌，二倌，你有没有到了？”我在一楼门外问二倌，二倌躺着的地方从外面的窗户是看不到的，我一会儿跑到东窗，可东面的客厅门是关着的，瞧不到楼梯口的情况；一会儿又到爷爷房间的窗外，那里只能斜视，勉强看到一条缝。我绕来绕去想听到二倌的情况，可屋内静悄悄的，什么声音都没有。

门终于开了，二倌捂着肚子。“二倌，你怎么了？”二倌撩开肚子，肚皮上一层皮已脱落，一条条的血印子十分吓人。除了肚子上，身上也有，二倌负伤严重。

“没事，姐姐，我就是掉了一层苦皮而已！”二倌笑嘻嘻地，安慰紧张的我。“赶紧拿气筒。”

我们轻车熟路找到气筒，“赶紧走了！”我说。“怕什么，好不容易进来，他又不在家，要不我们去看看他的菜橱内有什么吃的？先把门关上。”馋胚二倌三句离不开一个吃字。

“好吧！”没办法，我只能依她。

我俩打开菜橱，看到有几个鸡蛋，二倌忘了疼痛，她卷起衣角，麻利地

我是个蒸不烂、煮不熟、捶不烂、炒不爆、响珰珰的一粒铜豌豆。

——［元］关汉卿《一枝花·不伏老》

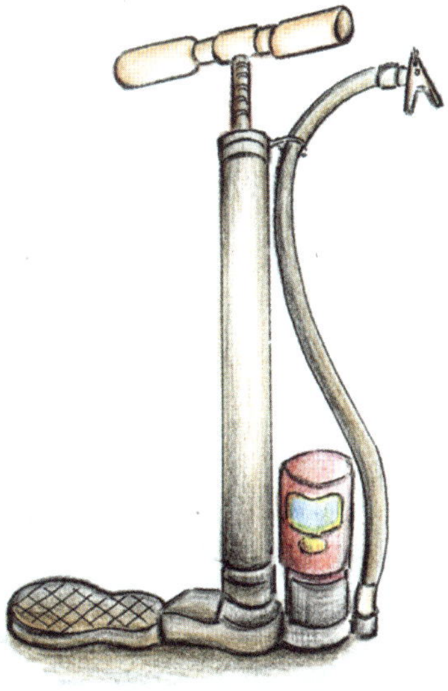

将它们兜住。

“好像有人开门！”我警觉起来。

“赶紧从后门逃！”二倌猫着腰，我跟在她的后面。

从后门逃出后，我俩躲在竹园里打算看个究竟，真的是他。

回到鱼棚，我俩不敢把这事告诉母亲，可藏在床后的打气筒还是被母亲发现了。母亲气愤地指责我们不听她的话，老套路，还是问谁出的主意，我说二倌受了伤，我指着她的肚皮，母亲撩开二倌的衣服，二倌的肚皮上结满了痂，“都是我害了你们啊！怪我当初瞎了眼嫁给了他！”母亲哽咽着说。“没事，只是掉了层苦皮！我是铁骨张三郎！”二倌笑笑说。母亲问了事情的经过，让我们以后千万不能再干这么冒险的事了。

“妈，你不知道，他家有很多好吃的，就是不巧，他回来了，要不然我还能吃到芝麻油片呢！”二倌说。

“什么芝麻油片？”母亲问。

“爸他包的芝麻油片黑芝麻都粘到外面了，一定很香，我看得千真万确！”二倌还想着她的美食。

“什么芝麻油片，你爸好几天不回家，估计那油片已经发霉了，到你眼里成了芝麻油片了，看来你们肚子里太缺油水了，明天准备买碗红烧肉吃吃了！”

“妈，你不能骗我哦。”二倌馋得估计梦里都是红烧肉了。

又过了几天，到了周末，我跟二倌在屋内做作业。

“两个小贼，给我出来！”父亲在门外喊，我跟二倌在屋内不敢开门，他直接踹开竹门。

“说，你们有没有拿我的气筒？”父亲怒气冲冲。

“没有。”我小声地说。

“到底有没有？”父亲提高嗓门。

“没有。”二倌斩钉截铁。

“被我找到了怎么办？”父亲咄咄逼人。

“由你处置！”二倌不依不饶。

他直接走到床后拿出气筒，往二倌的屁股上打。“当初看来不要你是对的，居然养出了个小贼来。”他边打边骂。打了十多下，他才放下气筒扬长而去。我脱下二倌的裤子，她的屁股都红得肿了起来，我心疼得大哭。“没事，我皮糙肉厚，受了一顿打得了个气筒，还是蛮合算的。”依旧乐观的皮糙肉厚的二倌说。

母亲回到家我们就告诉了她，她非要去找父亲理论，我跟二倌拦住了她，怕父亲兽性大发再打她。

“要不然我们改姓吧，不姓徐了，我们都姓陆，跟你姓！”我说。

“那不行，徐家又不是你父亲的徐家，徐家还有你爷爷，还有徐家的长辈，你们身上流淌着徐家的血，这是永远也改变不了的事实。难道你们只因为徐家出了这么一个没出息的人，就要改姓吗？记住，以后徐家还要靠你们争光呢，那样你爷爷也会高兴的。”母亲郑重地说。

我跟二倌以后再也不敢提改姓的事了。因为我们永远是徐家的人。

搓蛇皮

蛙声阵阵，布谷声声，一早就唤着人们起床忙农事。芒种前后是农事非常忙碌的时间，此时也到了梅雨季节，雨水充沛，拔秧、插秧时往往要穿上雨衣劳作。

母亲往往会带上粽子，从天不亮干到天黑，十分辛苦。我们姐妹俩则成为母亲的帮手，送饭、送水及插秧。至于拔秧，大人们是不让我们参与的，怕我们把秧苗的根须拔坏了，耽误秧苗的生长。

拔秧是一门技术活，拔秧时双手左右开弓，等两手秧苗积攒够一把了，就把秧苗使劲往水田里沉几下，沉掉秧苗根部的泥块，再左右荡上几荡，让秧苗的白根完全显露出来，然后从身旁抽出两根稻草将两手的秧苗一缠，扔在身后继续拔秧。

妈妈把捆好的秧苗用簸箕挑到稻田边，我跟二倌负责把秧抛到田里，我俩挽起裤管往返在水田与田埂上，将秧捆均匀地分布在水田中。

接下来就是插秧了。母亲给我们分配任务，每人三行秧，插好秧才能吃晚饭，我们学着母亲的插秧方式，左手拿一把秧苗，右手插，一排是6棵，以双脚为界左右两侧各两棵，中间两棵，母亲吩咐我们脚不能随意动，只能插一排往后挪一点，这样才能保持整行秧直，且插得牢，如果随意动，秧插在脚印里容易倒秧。但是由于我俩年龄小，最外边一棵秧如果脚不动，根本够不到，这样脚印也就乱了，秧自然就插不直了。

我最害怕插秧了，因为水田里的小蛇太多了，你看，它们正向我游来。

“妈，妈，你看，田里好多蛇。”我从水田里跳到田埂上。

“妈，我能回去烧饭、洗衣服吗？我能不插秧吗？”我央求母亲。

“你每次都这样子，我没看出你有哪里好，蛇会看上你，再说你不理它们，它们也就不会理你。”

“我，我，我，还是不行……”

母亲不等我说完，用手往我后背用力一推，我又站到了水田里，远处的几条小蛇清晰可见，它们摇头摆尾成S形，正结对往这边游过来，我吓得瑟瑟发抖。

突然，“啪、啪、啪”，母亲一脚踩到了一条游行中的大青肖蛇身上，蛇咬住母亲的小腿，绕住她的小腿整整缠了三圈半。

“救命啊，救命啊！”母亲吓得又哭又喊，顺手拿起手中的扁担打蛇，可蛇却越缠越紧，母亲吓得恨不得不要自己的腿了。邻居们闻声而来。“小兰，你别动！”二华伯伯大声喝道。几个婶娘抱住我妈，二华伯伯用镰刀将蛇割成两段，顿时血溅如雨，蛇身变成两截，慢慢松开，我跟二倌吓得站在原地一动不动。

“幸好，幸好，这条蛇不毒的。”婶娘们说。她们边说边搀扶着母亲来到小河边，我跟二倌紧随其后，母亲将布满蛇血的双腿伸到河水里清洗，等清洗干净，才发现她的腿已被蛇勒出三条粗粗的红杠，并伴有两个清晰的牙

《敢问路在何方》词：阎肃

你挑着担，我牵着马
迎来日出，送走晚霞
踏平坎坷成大道
斗罢艰险又出发，又出发
一番番春秋冬夏
一场场酸甜苦辣
敢问路在何方？路在脚下
你挑着担，我牵着马
翻山涉水两肩霜花
风云雷电任叱咤
一路豪歌向天涯，向天涯
一场场酸甜苦辣
敢问路在何方？路在脚下

印。她无意中又发现一条小蛇正游过来。

“妈呀，妈呀！”母亲站起身来喊，她已被蛇吓得魂飞魄散了。

“小兰，你今天不要干活了，回去好好休息半天，明天再出来干。”婶娘们劝她。

“可是秧都拔好了，今天不插掉，到了明天可不行了。”母亲担心她的秧苗。

“等我们各家都插好了，就来帮你家插，队里人多，每人一行半行就能完成了。”伯伯、婶娘们安慰我妈。

“妈，我跟姐姐来插。”二倌说。

怕得要命的我只得硬着头皮跟二倌插秧去了。

插一排，我就往四周看看，身旁总有“嗖嗖嗖”的响声。

过几天母亲不知道从啥地方弄来一条长六七十厘米的蛇皮，它的背侧呈银灰色，有光泽，腹部有一排排的椭圆形麟纹，母亲将它挂在卧室外的走廊上，它在微风中轻轻飘荡，像活蛇一样在游动。见到它，我吓得灵魂出窍，浑身起鸡皮疙瘩，往后倒退了好几步。

二倌一看到那张蛇皮，先是瞠目结舌，然后兴奋异常，她仔细查看蛇皮是否完整，对蛇皮又摸又看，十分喜欢，如同那就是她的玩具。

“囡囡，你来搓一下。”母亲见我怯懦的样子命令我。

“我不要。”我摇头躲进房间。

“姐姐，没事的。”二倌把我从房间里拉出来。

“你看，是蛇皮，它不会咬人的。”二倌在我面前示范性地触摸蛇皮。她拉过我的手强行去碰蛇皮，也不知道有没有碰到蛇皮，浑身冒汗的我号啕大哭起来。

“我怎么生了你这样没用的人，二倌，不要理她，我们吃饭去了！”母亲对我置之不理。

我哭了好一会儿才停止，那条蛇皮在风中飘荡得更厉害了，分明在嘲笑我：胆小鬼，我虽然没命了，但威风依旧。

母亲要求我跟二倌以后每天早上一起床就要搓蛇皮，说搓了蛇皮后不会摔碎碗，遇蛇也不会害怕了。就这样，搓蛇皮成了我俩每天早上的必修课，忘了多久才适应。

在以后的工作生活中，我遇到任何困难都有勇气去克服它，也许这跟当年母亲让我搓蛇皮有关吧！

抢　收

春风软，秋风飒。秋天广阔的田野，一派丰收色，金黄的稻田、橘红的南瓜、白胖的棉花……还有红褐色的山芋和灰白色的芋艿晒满场。

农民的秋是忙碌的秋，劳碌的母亲总有干不完的活。从稻子的收割开始，先是割稻，然后是捆稻、挑稻、脱粒、晾晒，还要夹杂着摘棉花、种油菜、挖山芋，各种农活压得母亲从“鸟叫干到鬼叫”。母亲干活劳碌，嘴也劳碌，天天叨叨着我跟二倌学习之余跟着她干农活，那年我才11岁，二倌只有9岁，但帮母亲分担农活却成了我们姐妹的职责。

母亲常常多煮些山芋带到田间吃，这样可以节约时间干活干得更晚，吃晚饭成了吃夜宵，常常要等广播里都没啥播了，8点过后才有晚饭吃。

一天放学回家，母亲说今天你们姐俩赶紧做完作业，马上跟我到田里抢收稻子，明天开始要连续下雨，今晚必须把田里的稻都挑到家里，要不然稻子会烂在田里，那样这一季就白忙活了。我跟二倌听母亲这么一说，也跟着着急起来，想着要帮母亲分担农活。而我不靠谱的父亲却不知在哪里。匆匆做完作业，拿上爷爷为我俩准备的“扁担”就出发了，所谓的扁担其实就是一根小竹竿。此时大田里的稻虽割下了，但还没全部捆好，爷爷负责捆稻。

捆稻先要把合围约手臂粗的稻子用稻柴捆成“小个子”，然后再把四五个“小个子”捆成大捆，再往田埂上挑，装上板车往家里运。母亲安排我俩挑“小个子”，我俩将竹子当作扁担，插入稻捆，一边一捆，抬起竹竿，飞快地来回于田埂与稻田中间，等挑了一大堆了，爷爷就到田埂上捆大个。母亲则穿过几坵稻田将爷爷捆好的大个挑到路旁的板车上。我们家的这块田位置优，一上田埂母亲挑过50米就到了村里的中心路，因此挑稻不用挑太远。不知挑了多少个来回，我跟二倌就觉得又饿又累，爷爷估摸着我俩该饿了，让我俩吃山芋垫垫肚子，饿慌了的我俩一口冷山芋下去，都噎住了，感觉气都喘不过来。“哎哟，不要慌，不要慌，唉。”爷爷边说边帮我俩拍背。吃完山芋继续干，但我俩明显就是越挑越慢，爷爷让我俩索性休息一会儿。

我跟二倌四脚朝天躺在光溜溜的田埂上休息，手枕着头，望着满天的星星。

“姐姐，你说要是不用干田里的活，那该有多幸福！”二倌幻想着说。

“不干田里活？据说街上的居民就没有田。你看大姑姑嫁给了居民，就不用干田里活了。”我说。

“我将来也要嫁居民，我才不要干田里活呢，姐姐，你也嫁居民吧！”二倌抱住我的胳膊撒娇地说。

“可是福山街上的居民不多，你说他们会要我们吗？”我有些担心地说。

“怎么不要呢？爷爷说我们是最最漂亮的，脑子也最最聪明的。”二倌说。

“这倒是。反正我将来要远离这里。”我说，“我也不想干农活。”

未来取决于梦想，所以赶紧睡觉去。

——萧伯纳

“可是，不对呀，没有了农活就没有了田，没有了河，我们上哪儿去玩呀？拔茅针、采香落灯、采蛇果果、采桑梅……”我继续说。

“哎呀，不行不行，我不嫁居民了，居民家啥也没有的，陈淼（姑姑的儿子）要抓小蝌蚪都是到我家小河里来抓的。”二倌着急地说，仿佛已经有人抬着轿子在等她上花轿，要将她嫁到街上去了。

“囡囡，二倌，收工回家了！”爷爷在田里冲我们喊。

爷爷让我俩跳上板车，母亲在前面拉，爷爷在后面推，我们俩坐在“大个子”上幸福地一路颠回家吃晚饭。吃着晚饭，母亲说还有一垢田，就是在我家前面的低洼田，那里稻子不多，大家挺一下就干完了。“什么？还有？”我跟二倌惊恐地说。

“是呀，吃完饭干，走廊里有灯能照到田里，不耽误干活。”母亲边吃饭边说。

“让姐俩睡吧，我们大人来干吧，晚点应该也来得及。”爷爷说。

“让她们干，能干多少是多少，毕竟她们帮着干掉一点，我们就能提前一点。”母亲停止了夹菜，无奈地说，“要不然过半夜我估计都不一定干得完。”听到这里，二倌说：“好，我们去。”只因为爷爷跟母亲都是我们心疼的人，我们咬牙也得坚持。

吃完晚饭我们没有休息，姐俩一人一根扁担又开始挑小个子。这块低洼田的稻桩管（稻子割完后剩下的稻桩）里都是积水，鞋子不小心踩上去泥浆水就喷出来，只挑了一两个来回，我们的鞋子已经全湿了，球鞋里全是泥浆水，又湿又滑，我们不敢告诉母亲，只是放慢了脚步继续干。村上人家的灯一盏盏地关了，只有我家门前的灯依然亮着。终于，我们所有的力气都耗尽了，稻子也都挑到了自家院子里。

“你们洗洗先睡吧，我跟爷爷还要盖稻子，要不然夜里下了雨，稻就全湿了。”母亲吩咐我俩。

“姐姐，我还是想嫁给居民。”二倌躺在床上对我说。“嗯，我们一起嫁……”已经累瘫的我俩做着嫁给居民的梦，睡着了。

王市服装节

1991年10月12日，王市首届农民服装节开幕，盛况空前，不仅仅是王市镇，周边乡镇如福山、周行、赵市，都有人前去凑热闹。

服装节活动很多，不仅有服装模特表演、服装产品展示，还有舞龙舞狮、各种民间摆摊，套圈游戏、打枪游戏，卖冰糖葫芦、棒冰，各种各样小商品更是一应俱全。到夜晚还要燃放烟花，王市镇区一片欢腾。

第二年的王市服装节我们学校居然也放假一天，学校宣布放假，同学们都开心极了，三三两两的好友都约好了去服装节看看。我是不敢接话的，猜想母亲大半是不会同意的。放学回家的路上二倌告诉我，她已跟同学们约好了要去服装节逛一逛。“可是妈包缝的活积压成山，正盼着我们帮她消化掉呢。”我说。可二倌却说学校放这一天的假不是让我们帮母亲干活的，是让我们去玩的。“你还是不要说了，说了也去不成，反而被母亲骂。”我劝二倌。

吃晚饭的时候，二倌还是按捺不住说出了她想去服装节的想法。不出预料地被母亲无情地制止了。“我今天帮你干到晚上11点，明天早上5点起来接着干，你就让我去玩一会儿。”二倌央求母亲，母亲瞧着可怜巴巴的二

《烛光里的妈妈》作词：李春利

妈妈我想对您说，话到嘴边又咽下，妈妈我想对您笑，眼里却点点泪花。

噢妈妈，烛光里的妈妈，您的黑发泛起了霜花，噢妈妈，烛光里的妈妈，您的脸颊印着这多牵挂。

噢妈妈，烛光里的妈妈，您的腰身倦得不再挺拔，噢妈妈，烛光里的妈妈，您的眼睛为何失去了光华？妈妈呀，女儿已长大，不愿牵着您的衣襟，走过春秋冬夏。

噢妈妈，相信我，女儿自有女儿的报答。噢妈妈，相信我，女儿自有女儿的报答。

倌，居然同意了。“但只能下午去，两点去，4点回。”母亲说。我明白母亲的用意，下午两点到4点人容易犯困，自然就出不了活，还不如让她出去玩。“可是我都跟同学们约好了上午8点就去。”二倌嘟囔着嘴。我用脚踢踢她，示意让她不要说了。“要去只能这个时间段，要不然就不要去了。”母亲一向言出必行，二倌也不敢再说什么了。

吃完午饭，二倌过个三五分钟就抬头看一下墙上的红色挂钟，她的心早已飞到了服装节。下午1点59分，二倌拿着母亲给的10块钱从二楼冲下楼，跳上早上就推到水泥场上、龙头对准路的自行车上，只见她一脚踩上自行车踏脚，趟坡下路、另一只脚抬起踩上另一边的踏脚，双脚猛踩踏脚，一溜烟消失在巷口拐角处，分秒必争。王市集镇与我家约有五公里路程，按照二倌的速度，来回也要近四十分钟，那么她逛的时间也就只剩一个多小时了。

摆摊区是不让车子进的，二倌只得将自行车停放好，步行游玩。二倌揣着那10元钱，面对琳琅满目的商品，不知道要买啥，因为买了这就买不了那，二倌在那条街上越走越远，后来还碰到了同学，于是单人行改成了结伴游，好开心。直到她俩走到卖钟表的摊位前，才发现已经是下午4点20分了，二倌吓得抛下同学，飞奔着往回走，可由于摊位越摆越多，加上车子也多到惊人，她已经找不到自行车了，她急得边哭边找，好不容易才找到车，打开车锁，即刻返回。

“就是不能放她出去玩的，一出去么心就野了，你看她，根本也不想回来。”4点一到，母亲就开始叨叨。

“二倌很快就会回来的，再说，要是她晚回来，大不了我们今天干得晚一点。”我想稳住母亲的情绪。

“很快回来？要是听我的话，这个点就该到家了，今天我要好好教训她一下。”我能感觉到母亲的怒火在胸中燃烧。

叮铃铃……一串清脆的自行车铃声响起。

“姐姐，妈妈，我回来了。”二倌在楼下喊。我看了看墙上的钟，已经是下午5点25分。母亲听到声音“噌”地从椅子上跳起来，把椅子也打翻了。

“哦，你回来了，你还知道回来？你现在才回来，几点了？”母亲从二楼阳台上探出头质问二倌，二倌见母亲发了飙，吓得躲进一楼我俩的卧室里，把门锁起来。她了解母亲的脾气，一场暴风骤雨即将袭来。

母亲回头眼睛扫了一下屋子，操起一把黄色的米尺直奔楼下。我害怕二倌被母亲痛打，紧跟在母亲的身后。到了一楼母亲见房门紧闭，敲门让她开门，可二倌吓得一声不敢吭。

“开门，开门，今天一定要开门，给我把门打开！”母亲咆哮起来。见门还不开，她到中间屋里拿出一把铁耙，高高举起往门上砸，边砸边说：“你开不开？开不开门？”我在一旁吓得不知如何是好。三夹板门不经砸，五六下之后，门上就出了一个大窟窿。

“妈妈，我是找不到自行车才晚回来的。”二倌在里面解释。

“妈，你放过二倌吧，你放过二倌吧，今天我俩干到12点，明天继续干，那些活一定能干好的。”我抱住母亲的大腿。

“我带你们姐妹俩容易吗？我也不想这样的，我今天就要打死这个没出息的。”母亲边砸边哭。

“二倌，你说你错了。”我边哭边哀求门内的二倌，并死命拉住母亲。

“我没错，我也想4点回来的，可我一没手表，二自行车一下子没找着，这也不能怪我。”二馆若觉得没错，你休想让她低头。她态度越来越硬。

“好，你没错，你还有这么多的理由，我今天不打死你，天老爷也看不过了。”母亲继续举起铁耙。

“砰！”门开了，那扇破门撞击着墙壁，发出猛烈的声响及震动。

“你砍死我吧，反正我们跟了你，玩也不能玩，吃也没啥吃，跟死也没啥区别！”二馆如刘胡兰般站到母亲的面前。我跟母亲都怔住了。

母亲扔下手中的铁耙，一把抱住二馆：“都是我不好，我没本事，让你们受苦了！”我们娘仨抱成一团放声痛哭，二馆掏出买的萝卜丝干以及剩余的钱，交到母亲的手里。

“还是我家二馆想得着，买了东西自己舍不得吃，还带回来给我们吃！”母亲破涕而笑。

“妈，我还在服装节上买了一串冰糖葫芦吃了！”二馆补充道。本想让故事完美，没办法，这才是耿直的二馆。

“小兰，小兰。”是继父的声音，他干活回来了。“我今天买了肉！”

“哦，我在西房间舀米，你先烧起来！”母亲撒谎。

“姐姐，明年我俩一起去服装节看看，看来妈肯定会同意了。”母亲前脚刚走，二馆就在幻想来年的王市服装节了。

捞浪柴

我们生活的这片区域叫作“海浪头”，海浪头靠海吃海，虽发不了财，但掰芦苇叶、捉螃蜞，趟蚬子、捞浪柴，靠着这些大自然馈赠的礼品，勤劳的人们日子过得还算滋润。准确地说，我们是“江之尾、海之头”，是长江入海口，但我们的老一辈习惯性地把江尾称为海。

20世纪90年代的农村家家户户还是以烧柴为主，虽然那时候煤气也入了寻常百姓家，但不是特殊情况都是舍不得用煤气的，我家全年也就用一罐煤气。母亲干的是衣服包缝的活，所有包缝的附件都得上锅蒸服帖，要不然卷曲的附件会使干活效率下降三分之二。为了能多挣包缝的钱，家里的稻柴、麦柴、棉花萁、豆萁等柴全部烧掉，也只够用半年。没办法，母亲只得利用闲暇时间独自或是带上我们姐妹俩一起去捞浪柴。

浪柴是潮水来时由上游的江水带来的，涨潮时江水冲刷岸边，由于堤岸高低不平，在退潮时将水中的残木、残芦苇、树枝，甚至还有死猪、死狗留在了岸边，这些都成了我们的目标。母亲掌握着每天的潮汐，她拖着板车，我跟二倌坐在板车里，母亲说我们坐着，她拉板车反而轻了，我们就是她的压车石。捞浪柴可不是轻松的活，走的路多不说，还要见到各种死了的浮肿

昼出耘田夜绩麻，村庄儿女各当家。
童孙未解供耕织，也傍桑阴学种瓜。

——［宋］范成大《四时田园杂兴·其三十一》

动物，因此我俩心里总是抗拒着去江滩边捞浪柴。后来母亲就不带我们去了，而是拿上斧头带我们去砍青柴，也叫铡乱柴。

铡乱柴就是砍在圩岸旁边那些杂七杂八的野树，小树是砍整棵，大树就砍枝丫。附近有一片小树林，树林里有各种各样叫不出名字的树，树干爬满了爬藤野草，郁郁葱葱。这些树里有一种叫麻麻酱的树（学名“钩树”），用斧头一砍就会流出乳白色的汁液来，还有一种叫割路藤（学名“割人藤”）的爬藤植物，它的每片叶子摸上去就像一把把小钢丝刷，只要一碰到它，就会粘住衣服，还会割伤皮肤，留下一条条血印子。

母亲已经挥动着斧头开始从树林入口处砍树，我跟二倌拿着镰刀，拨开野草，劈出一条路来。我俩的力气显然没有母亲的大，只得挑小树枝下手，等母亲砍的柴成堆，我跟二倌就负责把母亲砍下来的柴捡到一起，两人合力捆起来，大一点的直接拉到板车上。

“Hello!”一位白皮肤黄头发蓝眼睛的外国叔叔朝我们挥手打招呼。“吓？我们才不吓！这些圩岸旁本来就荒着，在这里砍柴砍的又不是你家的，我干吗要吓？”母亲理直气壮地说。英语“hello”听起来跟常熟方言“吓”还真有点相似，母亲居然把英语与我们的土方言混为一谈。我跟二倌友好地向外国叔叔点点头，等那外国叔叔一走，我俩捧腹大笑。母亲诧异地看着我们：“发什么神经？”我边擦笑泪边告诉母亲大笑的原因。“唉，还是读书好，知道了就不会闹出笑话了。”母亲尴尬地说，“你们说我说的话翻译成外国话，会不会是‘你这个小伙子人长得好看，脑子又很聪明’？要不然他也不会听了我的话后还笑成了花。”我妈脑洞大开。“可能吧！反正我不能把常熟方言译成普通话后翻成英语。”亏我妈能想象得出来。

砍了一天的柴，我们来来回回三四次，晒了满满一场，收获颇丰。晚上天气闷热异常，母亲说："看来今晚要下大雨，大家简单吃点饭我们要赶在雷阵雨前捉螃蜞。"白天干活已够累，我们直摇头，请求母亲能不能不去了，可母亲说这种天捉螃蜞最省力了，吹吹江风还比待在家里强。

带上手电筒、铅皮桶、蛇皮袋，白天上班的继父和哥哥一同骑上自行车，我们5人立即出发。一丝月牙朦胧地挂在天边，一会儿就全隐退了，没有母亲口中吹吹江风的惬意，江边一丝风都没有，热浪逼得人皮肤直往外冒汗，我们的车刚到达圩岸，就听见"沙沙沙"的响声，那是螃蜞在芦苇叶上爬动。

"螃蜞也热得吃不消了，你们看它们都出来乘凉了。"母亲听到声响兴奋地说。"下车，下车。"继父示意我们停车。"我们就在这里捉，反正不是自己吃的，给鸭子吃，小点无所谓。"继父打开手电筒对准圩岸下一照，"哇，好多螃蜞呀！"二倌跳起来，我也看清了，乌黑一片的螃蜞。"不要说话，当心把螃蜞吓跑了。"我轻声对二倌说。螃蜞们在强光下一动不动，母亲戴着破洞的棉纱手套开始大把地撸它们，我们仨则一只只地抓。

"哇哇哇！"一只螃蜞的大螯咬住了二倌。

"赶紧说是给妈妈吃的，它就不咬了！"我提醒二倌，这是母亲教给我们的秘诀。

"给妈妈吃的，给妈妈吃的，真的是给妈妈吃的！"二倌蹲下身让螃蜞接触到地面，那螃蜞的螯果真松开了。

"啪啪啪"豆大的雨点稀疏地掷下地面，紧接着密集的雨点连天倒，雨太大，眼睛根本无法睁开，只能抹一把雨水看一下。我在雨中拉住二倌的手。

“赶紧回家。”母亲在雨里喊。雷鸣电闪，风野雨狂，我和二倌抱在一起，害怕极了，母亲过来拉上我们。“雷公公是来给我们引路的啊，没事啊！不要怕！”我心想对啊，要不然天黑路滑更不好走了，心里也就不怕了。回到家，5个浑身湿透的人急着看收获，只一会儿的劳动换来了一蛇皮袋加小半桶蟛蜞，果然应了母亲的话，这种天气适合捉蟛蜞。母亲让我们先洗澡，继父跟母亲则将家中的洗澡盆、铅皮桶，甚至脸盆，只要是家中大一点的盆都拿出来放到走廊里，将蟛蜞们分散到这些盆里，用筛子罩住，母亲说这样蟛蜞就不会闷死了。鸭子们吃了“活食”生出来的蛋，蛋黄特别红、香，母亲盘算着这些蟛蜞能让鸭子们吃个五六天，大一点的明天还能做一盆自己下饭吃。

“哎呀，哎呀，阿福，不好了。”天还没亮足，还在睡梦中的我跟二倌就被母亲的叫喊声吵醒。“肯定昨天夜里又下了阵雨起了大风。”继父说。我跟二倌从床上跳下来赤着脚往外跑，以为出了什么大事。咦，盆子里空空如也，我们俩也傻了。“妈，蟛蜞呢？”二倌问。“看来是全部逃走了，昨天夜里起了大风，大风吹开了筛子，留了缝，它们趁着缝隙都逃走了。”继父说。“白吃苦了。”母亲叹气。“幸好我昨天先把大蟛蜞拣出来，放到里面钢精锅里了，等会儿烧一碗，小蟛蜞无所谓了。”继父安慰母亲，母亲这才舒展眉来，我们则回到床上继续睡觉。

暑假的每一天，我们都被母亲安排得满满的，用她的话说，时间过去了就追不回了，力气剩下了就烂了作废了。

劳动的果实最香甜

（一）

读初中那时候，学生们都是带米到学校蒸饭来解决午饭的。每天晚上我们都会在长方形的铝饭盒内放上大米，第二天带到学校去蒸。到校第一件事往往就是淘米、放水，盖好盖子放入蒸箱，到中午饭就蒸熟了。同学们的铝饭盒很多都长得一模一样，因为都是到街上的商店买的。为了不混淆，于是会在饭盒上弄各种标记，有刻名字的，也有在上面写“好”字，大人们就用洋钉照着字凿出一个个小坑，这样名字就不会脱落；也有的系上各种颜色的带子，以方便找寻。食堂阿姨在我们去吃饭前已经将饭盒从蒸箱里拿出，一下课同学们就飞奔向食堂，一时间都挤在一起，找属于自己的饭盒。二倌初一时，我初三，她中午比我早下课，所以当我到达食堂的时候，二倌已拿好饭盒在等我了，那一刻我感到优越无比。

长方形的大铝饭盒内一般都是蒸白米饭，个别同学偶尔也有带咸肉蒸饭。家庭条件好的同学还会带已烧好的红烧肉、带鱼等，这些菜都会放入小铝饭盒内，有的同学也会在小饭盒内蒸毛豆、蒸咸鸭蛋、蒸咸肉等等。

那时候的食堂已经开始售卖小菜，荤菜1元至1元5角一份，素菜5角一份，汤是两角。我跟二倌还在网线袋里带上了搪瓷罐头，那里一般会放上一点雪里蕻咸菜，加一点水、油、盐，同其他盒饭一起蒸了就是一碗汤，母亲说买汤吃最不合算了。

莺飞草长的江南三月，田间没啥忙了，服装老板说衣服换样要休息一阵，我心想着母亲也能闲下片刻了，哪知一刻也不肯闲的母亲决定去贩卖春笋等蔬菜赚钱。贩卖蔬菜可是很辛苦的，母亲早上三四点钟捏上一个饭团就要从家中出发，前往25公里开外的摇手湾批发市场批发蔬菜，六点前必须赶到福山菜场，要不然会错过早市。母亲在批发蔬菜时看到其他农副产品便宜时也会顺带批发点别的东西卖，这样母亲会从早一直忙到菜场晚市菜卖完才收工回家。

“唉，蔬菜摊子就是离不开人，中饭也不能回家吃，要不然还能省点钱呢！”晚上，母亲在饭桌上边吃饭边盘算着一天的收入，遗憾地说。

“妈，我可以给你送饭呀。福山中学跟菜场本来就离得近。”二倌说。

“你要上学的，哪有时间给我送饭？要么周末倒是可以的。”母亲不解。

“有时间的，我跟姐姐在学校蒸好饭给你送过来，不就行了吗？”二倌真是聪明。

“嗯，这倒可以，但学校中午放你们出来吗？”母亲问。

“中午有的市镇上的同学本来就是回家吃中饭的，可以的，放心。”我说。

“好吧，那明天试试！”母亲勉强答应了二倌的方案。

第二天中午下课，我到食堂时见二倌依然拿好了饭盒在等我，看到我她

中士从衣袋里掏出一块配给面包，递给母亲，母亲将它掰成两半给了孩子们。两个小家伙贪婪地啃起来。

『她自己一口也不吃。』中士咕哝说。

『因为她不饿。』一位士兵说。

『因为她是母亲。』中士说。

——〔法〕雨果《九三年》

立即打开铝饭盒，那个饭盒里蒸的饭比平时多出一倍，三分之一的饭已被她吃完了。“姐姐，我已经吃好了，我来给妈送饭去。”说着她就将剩下米饭的一小半扒拉进我的小饭盒里。“你先往饭里倒点笋丝雪里蕻菜汤，剩下的我带给妈吃，你吃完就把饭盒洗了。”二倌一连串的话我一句都插不上嘴。

“好好，行，你去吧！”我边说边拿起搪瓷罐头倒汤，倒完盖上盖子，二倌就将搪瓷罐头叠放到网线袋中的铝饭盒上，收紧袋子就飞奔而出。

“你慢点骑！”我说出这一句，二倌已消失在嘈杂的食堂中了。

话说二倌骑上自行车就给菜场中的母亲送上了热气腾腾的饭菜，我想那时候的母亲是幸福的。“不好，不好，那不是我的班主任王丽芬老师吗？”二倌边说边迅速躲到母亲的菜架子下。王老师走到母亲的摊位前买了春笋，并没发现二倌，二倌这才松了口气。

放学钟声响，我跟二倌骑着自行车并排回家。二倌将白天碰到班主任王老师的事告诉了我，王老师还叫她去了办公室一趟。

“王老师有没有骂你呀？”我急切地问二倌。

“并没有。”二倌说。

“那她找你干吗？”我继续问。

“王老师说她中午买菜看到了我，她说母亲卖菜不丢脸，还说我们的母亲真是一位伟大的母亲，让我一定要努力学习，长大好好孝顺她。”二倌的脸上自豪满满，我也从内心特别感谢王老师。

过了半个月左右，母亲说她天天吃蒸饭还真的省下不少钱呢，明天只要蒸她一个人的饭，她出资一元请我跟二倌去菜场吃阳春面。“妈，我们一起吃吧！”二倌提议。“我不喜欢吃面的，你们吃吧。”母亲说。

第二天中午，我跟二倌拎上饭盒跟搪瓷罐头直奔母亲的菜场，对美食的向往让我俩心情愉悦。

“来了，来了，老板娘，帮我下一碗阳春面，重面，一定要重面，面要最最多的。”母亲对着面摊的老板娘说。

“知道了，知道了，小兰。”老板娘应着母亲。

老板娘抓起一把面丢进锅里，母亲又随手抓了一小把也丢进锅里。

“哎哟喂，小兰，你这样，放这么多面，等会儿碗里也盛不下呀。”老板娘为难地说。

“放不下你就捞到我的饭盒里不就行了吗？你昨天买笋我还送了你一个小笋，怎么我吃面多一点你就那么多话。”母亲边笑边说。

“好吧，好吧，你这一碗等于两碗了，等会儿捞出来给你分两只碗。”老板娘用大勺子给沸腾的锅内浇凉水。

“不行不行，不能分两只碗，分两碗这不就要出两碗的钱啊？”母亲急了。

“你看你吧，都是一个菜场的，今天分多少只碗都收你一碗的钱啊，放心。”老板娘说。

“谢谢老板娘，你俩也谢谢老板娘！”母亲对着我俩说。

“谢谢老板娘！”我跟二倌齐声道。

两碗热气腾腾的红汤面撒上翠绿的葱花，汤面上的猪油如一滴滴的露珠飘浮着，让人馋得不好意思。我跟二倌一扫而光，连一滴汤都不剩。

（二）

一年后，1996年，我考入常熟卫校乡村医士班，学校位于市区青墩塘路，离家约二十公里。开学时是姑姑叫她厂里的司机开着小皮卡送我去的，母亲早已准备好了棉被、床单、爷爷送的皮箱、自行车、腌制的雪里蕻菜、咸鸭蛋等，司机师傅帮我们把东西一一搬到车厢里，母亲说她就不去了，家里还有活要干。我坐在皮卡车里，经福山市镇、谢桥、汽车站后，司机师傅接上姑姑一起将我送到新学校，同学们看着姑姑送我上学的情景，以为我是富家千金，一时都投以羡慕的目光，要知道在那个年代普通家庭还都没有汽车呢。

一晃学期接近尾声，一天午饭后，同宿舍的同学告诉我我妈来了，她在校门口等我，听到母亲来了，我冲出宿舍一口气跑到校门口。只见母亲站在她那辆饱经风霜的永久牌自行车旁，上身穿一件灰色呢夹克衫，外面还包了一条用三角形的碎针织布做成的墨绿色外套，一条洗得褪色的藏青色裤子，脚上是一双紫酱红的旧保暖鞋。自行车龙头一侧挂着一个灰色的布包，从布包里面探出一杆秤，另一侧包里也是鼓鼓的，后坐上是用绳捆绑住的叠得整齐带泥的蛇皮袋，自行车的一个踏脚板只剩下一根轴。

"妈妈，妈妈。"我喊母亲。

"囡囡。"母亲的脸上堆满了笑。

"妈，你怎么来了？"我拉住母亲的胳膊撒娇。

"喏，我今天去了老县场卖螃蜞了，昨天家里没活我就去挖了一天的螃蜞，捉是难捉了点，但上了洞的螃蜞不咬人，还都是大螃蜞，今天卖了个好价钱，我看时间还早向别人打听了你学校怎么走，果然被我找到了。"母亲有些得意地边说边打量我。

“我妈最聪明了。”我为我妈骄傲，“妈妈，到我的宿舍去坐一会儿再走吧，宿舍里其他同学的家长都来过了，就剩你没来过了。”

“不要了吧，主要我一个乡下人被你的同学看到了要笑话你的。”母亲边说边从自行车龙头上解下那只鼓鼓的布袋。

“不会的，不会的，我妈最好了，我的同学们也很好，妈，你这个袋子里装的是什么呀？”我好奇地问。

“给你买的苹果。”母亲打开那个袋子，里面有十几个红彤彤的大苹果，香气扑鼻。

“我们进去吧。”我强行拉上母亲，母亲拗不过我，只得把自行车寄放在门卫后，随我一同到了宿舍。

同宿舍的女生看到我妈来了，都热情地招呼我妈，请我妈坐到她们的床铺上，母亲打开布袋，拿出6只大苹果，并吩咐我拿个刀来切开，每人半个苹果。

“妈，不是还有吗？一起拿出来，同学们每人一个。”我有点纳闷，一向慷慨的母亲今天怎么小气起来了。被我这么一说，母亲的脸比苹果更红了。我有点气愤地一把抢过母亲手中的布袋，母亲怔在那里，我看到布袋里的苹果也那么红，但都被雕去了一块。

“这些都是我买的烂苹果，烂的部分都切掉了，本来我想着拿回去给二倌及其他人一起吃的，你在学校要吃好苹果，好苹果好储存，可以一个一个慢慢吃。”母亲尴尬地解释。

“阿姨，我们宿舍人多，趁这会儿新鲜，我们来吃烂苹果。”一位同学

我有三宝，持而保之。一曰慈，二曰俭，三曰不敢为天下先。

——《老子·六十七章》

说，“嗯，真甜，真好吃。”同学们都吃起了烂苹果。

“你们都是乖细娘（常熟方言，乖乖的小姑娘），我家囡囡跟你们在一起，我就放心了。”母亲欣慰地说。

“你们看，这些苹果刚刚烂，烂苹果可都是论堆卖的，这一堆都不如一只好苹果的价钱，真是划算。”母亲一下就融入我们中间来，她也拿起了一个烂苹果吃起来，宿舍里充满了欢声笑语，几个烂苹果居然吃出了王母娘娘蟠桃会的气氛。下午的课马上就要开始了，我让母亲带上4只大苹果给二倌吃，自己留两个，母亲非得又拿出一个来，说二倌就在她身边，她能照顾到，我就不一样了。我把母亲送到校门口与她依依惜别。

三年卫校，这是母亲唯一一次来学校看我，记忆深刻，回想起来总是如苹果般甜蜜无比。

感谢生命中的这些人，二倌的班主任王老师，我的宿舍好友们，让我们在艰难困苦的岁月里感受到人间有一种爱叫尊重理解！

七月半祭祖

农历七月半，鬼节。

民间在七月半的前后十天，有祭祀祖宗的风俗。

七月半前一两个月母亲就会用零碎的时间来叠纸钱了，我跟二倌在母亲的带领下都已学会了叠纸钱的方法，帮母亲分担着这件事。叠好的纸钱放在箩筐里，记忆中过一个七月半要叠四五箩筐纸钱用来祭祀，让祖先们在那个世界里有钱花。

叠纸钱的时候，母亲总是会跟我们讲老祖宗的故事，也是从那时候起，我知道了关于太奶奶的故事。

太奶奶，我奶奶的母亲，我父亲的外婆，她养育了一男一女两个孩子，其中她的女儿——我奶奶英年早逝，是一位气质优雅、心灵高贵、眼里容不下一粒沙的才女。她在世时从事小学教育工作，香消玉殒在33岁。儿子在山东同样从事教育工作，且在山东成家生儿育女。女儿突然离世，留下了一个外孙，两个外孙女，她看到年幼的孩子，决定留下来照顾他们，直到她晚年按照风俗不得不回到儿子身边。

据母亲讲，太奶奶是一位慈祥、爱干净的老人，跟母亲相处得特别好。

祖宗虽远，祭祀不可不诚！

——《朱子家训》

母亲难产生了我，月子里没有婆婆照料的母亲在医院一周由我外婆照料，出院后，太奶奶和母亲共同照料着我，她唤我那时还年轻的母亲为兰宝，对母亲十分疼爱。她的爱又延及到我与二倌，小时候我们的虎头鞋就是太奶奶做的，小毛衣也是太奶奶织的，母亲说她这辈子唯有太奶奶一人昵称她为兰宝，说这些的时候，母亲总是沉浸在无边的幸福里。母亲还说，她有了好吃的东西，也总是会想办法留点给太奶奶吃。

那年，母亲生完二倌几个月，太奶奶儿子——我的山东舅公拍电报来让太奶奶回山东，理由是太奶奶年岁已大，需随儿善终，母亲知道后央求我爸爸跟爷爷想办法留住太奶奶，可爷爷说，风俗不可违背，没办法，最后太奶奶只得收拾行李回山东了。母亲不敢去车站送太奶奶，她怕自己会哭，甚至会影响太奶奶回山东的决心。

太奶奶去山东之后，母亲时时刻刻都念着她，总盼着有电报来报平安，但终因路途遥远，通讯不畅，等母亲得到太奶奶的消息时，已是她去世的噩耗，母亲含着泪花说，“没想到一别竟是永别”。母亲特别想去见太奶奶最后一面，但我和二倌还小，只得由我父亲及爷爷去山东送太奶奶最后一程。太奶奶去世时年岁已高，舅婆说她去世前五六天的样子，说她到了该离开的时候了，于是自己清洗头发、身体，穿上预先准备好的寿衣，躺到床上，再不进滴水米粒，静候那一刻的来临。太奶奶走得干干净净，身无一点异味，面容安详，头发盘髻，安详归去。

“但是，现在，你太奶奶来这吃干饭了，她到女儿家来吃干饭了，”母亲喃喃地补上这句，“囡囡，二倌，我们多叠点，让她在那边日子过得好点。”母亲顺手把叠好的纸钱放到箩筐里，这也算是对她些许的安慰吧！一晃，七月半到了，母亲一早就到菜市场去买了菜，回家后又准备了一张八仙桌，一张长方形的小桌，放在前头（客厅）中间，桌子靠外侧一方是不放凳子的，其余三方均摆好凳子，桌子上摆好盅子与筷子，母亲给我俩分工，二倌负责烧火，我负责端菜给老祖宗，母亲还嘱咐我上菜时不能碰到桌子，以免打扰老祖宗用餐。

上了几个菜后，母亲让我跟二倌到门口叫："太奶奶、徐家的老祖宗们，进来吃饭吧！"

丰盛的菜肴端上桌，菜齐了，蜡烛燃到一半，母亲就让我跟二倌磕头拜祖宗，然后就是烧纸钱给老祖宗们，母亲边点纸钱边在嘴里念叨："徐家老祖宗，保佑我们身体健康，顺顺利利，烦你们多带只眼，看好两个孩子。"说完，母亲让我们再拜。

等一切弄完，收拾完，母亲就会把祭过祖宗的菜端到灶台上，再端到桌子上全家共享。在我们幼小的心灵里，过七月半是神圣的，祭祖是虔诚的。

第伍章

外婆家

记忆里最温暖的港湾

雨郎牛皮

我的外公，人送外号“雨郎牛皮”，那他何来此“雅号”？相信你第一时间定会猜他特爱吹牛，所以才能与这个“雅号”匹配。

其实外公性格开朗，是难得的乐天派，日子再苦再难，可在他的眼里“神马”都不是难事。外公的雅号就是跟他的这种性格有关。外公是一名靠江吃江的渔民，渔民下江捉鱼全凭运气与天气。运气决定能抓多少鱼，而天气则决定你能不能下江抓鱼。这不，连着好几天都是大风天气，渔民们个个垂头丧气、愁眉不展，不能下江捕鱼也就意味着没有了收入，那就只能吃江风了，可外公却说：“八级风翘松松，下江行船没问题。”外公当然不敢跟自然抗衡，他也没敢下江捕鱼，为此落了个“雨郎牛皮”的雅号。

周末、寒暑假，没地可去的我跟二倌，外婆家是必去的。那时候的外公外婆也已70开外，外公一辈子以捕鱼为业，年老了就在福山闸口内离闸口七八百米的地方靠江搭了一间半茅草棚，大家都称它为牵鱼棚棚，外公外婆常年吃住生活在那里，以江为家，以渔为生。牵鱼棚棚外，外公支起一口正方形的渔网，每个网边约有四米，渔网的四个对角分别插入两根毛竹，毛竹交叉的地方上面有一个圆绳结，绳结上是一根很粗的竹竿，它的一头固定在岸上，向上斜伸出去，外公在岸上的竹竿旁装上了辘轳，这样便于起网。大部分时间，渔网都是沉在江里的，外公根据他的经验起网，有时候看到我们去，外公也会随兴起上一网为我们加餐。

“外婆，外婆，我们来了！”我骑着24寸小自行车，后面坐着小手抓住我衣服的二倌，快靠近外婆家，我们就在圩岸上大声喊，让江水、芦苇、螃蜞都知道我们来了。

“哎哟，两只烘番芋来了！”外公咧嘴调侃我俩。看看我俩的身上，还真跟烘番芋没啥区别，来外公家火急火燎，过人革厂桥下坡时，由于坡陡得厉害，我想下车推自行车，可二倌对我说：“姐姐，只要一只脚高一只脚低，不动就没事，速度快了有风更有劲。”我听了她的蛊惑，照她的话飞驰而下，可路上的小石子颠得自行车龙头晃动厉害，我已控不住车身，两人连车带人摔到了茂盛的菜地里，菜地赠我俩一身的泥。我将小自行车停在鱼棚边，两人瞒着外公不告诉他，免得以后我妈不放我们单独骑小自行车去外公家。

“外孙女来了，老头子你起一网吧，看看网里有点啥货色，中午烧烧。”外婆一手拿着凿子，一手戴着个破手套从里屋出来吩咐外公，“我还有点皮蛋没做好呢！”外婆平时还承接乡邻的鸭蛋加工皮蛋的活。

“好好，我来起网。”外公边说边向江边走去，我跟二倌尾随其后。外公费力地拉动长绳，我们两个小尾巴也一起用力。“哎哟嘿，嘿作力！”我俩学着外公的口吻齐声喊号。渔网渐渐浮出了水面，今天的江面无风无浪，渔网内也十分平静，只一会儿工夫，整个渔网都出水了，并没有我们期待的大鱼，只有一些小鱼小虾小螃蟹。

西塞山前白鹭飞，桃花流水鳜鱼肥。
青箬笠，绿蓑衣，斜风细雨不须归。

——［唐］张志和《渔歌子》

“外公，怎么没有大鱼？”二倌失望地说。

“外公什么没有呀？等会儿你们到竹帘子上去看，谁有我陆雨郎的货多？海龙王的家当都在上面了，我们不差这一网的。”外公又将渔网稍下沉，让网中心有一点点水，他将手中的绳子系好，操起“捞海”（长柄网兜），有的小螃蟹看形势不对，迅速往网的四面逃窜。

“外公外公，右面有一个，外公外公，前面还有一个，捞住它，捞住它，看你往哪里逃！”我们在一旁干着急，手忙脚乱地指挥着外公，外公的“捞海”在我俩的指挥下，顺利地将小鱼小虾小螃蟹统统捞起。我俩往桶内一看，居然也有小半桶。外公提着桶朝牵鱼棚棚去给外婆看收获。

“外公，我们要去看海龙王的家当。”二倌已迫不及待 。

“什么海龙王的家当？”外婆一脸疑惑，“哦，老头子又吹牛了。”外婆迅速反应过来。

“走，我们去看看，老太婆，你等会儿剥几个皮蛋，我再去叫上两个孙子，让孩子们在一起热闹热闹。”外公带上我俩直奔竹帘，丢下还在做皮蛋的外婆。

竹帘位于一块空地上，那里野草丛生，支起竹帘的两头各是一条长凳，长凳之间架上了三四根毛竹，毛竹上是一大排用芦竹一根根拼起来中间用细绳编住的竹帘，竹帘上就是外公说的海龙王的家当了。

“外公外公，怎么还是小鱼小虾呢？”我不解地问外公。

“这条是鞋踏鱼（鳎鱼），这条是绵鱼邋遢嘴（鲶鱼），这条是旺眼牛（昂刺鱼），这条是……”外公一条一条地教我们识鱼。

“哇，江里的鱼长得都不一样呢。”我俩不由觉得神奇。

“就像我们人，同一个父母生的还不一样呢，它们虽然都是海龙王的孩子，但长得都不一样。”外公说。姐妹俩相互看看，果然我们长得不一样，哈哈，仿佛现在我俩才发现长得不一样。

“你们有自行车，去叫伟伟（小娘舅的儿子）、欣欣（三娘舅的儿子）吧，我还要补一会儿渔网。”外公差遣我俩去，我俩乐得呢，照例我骑车，二倌跳上后座抓住我衣服就出发了。

等我们四个齐聚牵鱼棚棚的时候，迎接我们的是满屋的饭菜香。外婆炖了齐鱼干，烧了一大碗青菜，一碗小虾，剥了四个皮蛋。兄妹四人食得欢，齐鱼香，皮蛋嫩，每人一大碗米饭。

午饭后我们来到外公补渔网的福山闸闸管所旁，闸管所的位置地势低，西边是长江，南边与东边是弧形的圩岸，旁边种满了翠绿的水杉，水杉树的叶子只要轻轻用手一撸，小叶儿就都在手心里了，那清香的木味至今还留在记忆里，外公补渔网，我们玩捉迷藏，等玩腻了，我们又开始玩一种叫“打官司”的游戏。打官司需要用一种叫“官司草”（学名：车前草）的植物，它们大都生长在田埂上、小河边，我们各自寻找各自的官司草，一般要选老一点的，容易赢，输的一方要接受刮鼻子的惩罚，我妈说我的塌鼻子就是刮鼻子刮多了的原因。玩得有点小饿了，我们就到竹帘子上吃小鱼小虾，就当是零食，外公则在一旁叫：“不能多吃，多吃了海龙王的子孙要在肚子里打架的，肚皮会痛。”我们知道外公的好脾气，把他的话只当耳旁风，吃了许多当然也没事。

夕阳斜斜，外公外婆要留我们吃饭住下，我跟二倌不肯，因为家中还有爷爷在等着我俩，外婆为我们准备了小鱼干和皮蛋，让我们带上，催促着我们趁天还亮赶紧回家。

非物质文化遗产传承人

收到镇里一条开会短信：于明天下午一点在镇会议室召开海虞镇乡土人才推荐评选工作。推荐乡木人才是这两年开展的一项基层工作。

第二天，我提前一刻钟来到会场，比我更早的还有几位村书记。

“红红，你是非物质文化遗产传承人哇！”邓市村党委周国刚书记调侃我。“什么非物质文化遗产传承人？不要开玩笑了。”我被他说得云里雾里。

“你外婆做皮蛋的手艺难道没传给你？”周书记抬眉笑着说，“我们福山无人不知无人不晓的做皮蛋高手，人称‘皮蛋明星’。”

说起我的外婆，从我记事开始，她就是以给人加工皮蛋为生。外婆家是南通狼山边的，20世纪50年代的江边并没有圩岸等防护措施，那时候江水猛烈冲刷狼山周边，大片土地没入江中，眼看着土地没了，家也就没了，外公外婆只得随大批“失地农民”迁到福山、张家港等地，在涨滩的围圩里安家。乡音难改，外婆带着南通口音挑着皮蛋担子叫喊着：“要不要做皮蛋？”常熟人一度以为外婆喊的是：要不要补被单？要不要炸皮蛋？

做皮蛋就是到农民家中去将鸭蛋加工成皮蛋，俭朴的农村人鸭子生了蛋轻易舍不得吃，一个个都会攒起来，把它们加工成咸鸭蛋或是皮蛋，这样容易保存，自己食用，也用来招待客人。外婆做的皮蛋时间放得稍微久一点，蛋壳易剥，表面会有皮蛋花，皮蛋花如同嵌在蛋里的雪花，这样的一枚皮蛋放在手心，Q弹舍不得吃，切开来蛋黄软糯，呈糖心状，因此她做皮蛋的手艺成为一绝，独此一家，大家也都只认定她的手艺。

我3岁那年，外婆接到了一单大生意。福山农场芦福沙的工区长与外婆联系，芦福沙规模养鸭后鸭蛋一时滞销，担心蛋会变质就联系了外婆加工皮蛋，芦福沙在长江边，离外婆家起码有5公里远，那里上万个蛋，皮蛋料运去是个问题，母亲知道了就要陪外婆去，说她有自行车驮这些料，这样外婆只要单独前往就行了。可外婆不放心，因为那时候母亲已经有了7个月的身孕。在母亲一再坚持下，她们母女俩第二天就向芦福沙挺进。

母亲才去做了半天皮蛋，我在家见不到母亲就哇哇大哭，父亲只得骑上自行车将两周岁多点的我放到竹筐里，竹筐绑在自行车上，将我送到芦福沙工区，送到后才知道要做完那里的皮蛋起码得四五天，因为路太远，工区长建议我们晚上就住在农场里。父亲又只得返家取我们换洗的衣服。

外婆跟母亲娴熟地加工着皮蛋，负责食堂烧水的老公公给我搬了张凳子，让我坐在小凳子上看她们做皮蛋，只有3虚岁的我只坐了一会儿就坐不住了，外婆就叫我在那里数鸭蛋玩。我胖嘟嘟的小手手把鸭蛋搬来搬去，嘴里念着："3个，2个，妹妹吃的，3个，2个，妹妹吃的。"那时的我连1到10都不会数呢。

"妹妹，来，我来给你煮蛋蛋吃。"烧水公公过来拉我，"老虎灶里的水要开了，我来拿鸡蛋。"那时候农场里还养着鸡。

假金方用真金镀，若是真金不镀金。

——［唐］李绅《答章孝标》

“老陈，你带好她，别让开水烫到了。”外婆叮嘱他。其实老虎灶跟她们做皮蛋的地方在一个屋，我始终在她们的视线里，可外婆还是不放心。

老公公到一个罐头里取出5个鸡蛋，放到老虎灶上的小烫罐里，小烫罐呈圆柱形，置于老虎灶两口铁锅里侧之间。“妹妹，烫罐里有几个蛋蛋？”老公公问我。“3个，2个，妹妹吃的。”我稚气的声音将老公公的心都萌化了。我边拍手边跳着说。老公公一把将我抱到他的腿上，跟他一起在老虎灶前添柴烧火，红通通的火光照到身上，幸福了那一刻。

“扑扑扑”，水沸了，老公公忙着泡开水。“妹妹，你别过来，妹妹，你到外婆和妈妈那里去。”老公公支开我，可我就站在那里不走。这些开水是农场知青们晚上要用的热水，等锅里的水都装满瓶，老公公才从汤罐里将鸡蛋用铲刀捞出，把它们放到预先准备的凉水盆里结蛋。

“今天妹妹真是有吃福。”母亲对老公公说。

“这么乖的小姑娘哪个不喜欢？”老公公剥了一个鸡蛋放到我手里，我吃了一个又吃了一个，蛋黄细腻鲜香。

“老公公，妹妹还要吃。”我望着盆中的蛋。

“小姑娘，我们不能吃了，多吃了要吃伤的。”老公公笑着对我说。

“我弟弟也要吃的。”我把小胖手戳向母亲。

“好好，给弟弟吃。”老公公将剩余的蛋递给母亲，母亲不好意思地摘下手套，剥了一个塞到外婆的口中，外婆想说什么，但嘴里塞了蛋只能“嗯嗯”。母亲又剥了一个拿给老公公。可老公公却说：“我在这里天天吃鸡蛋不稀奇的，你们吃吧！”“不行不行，这个蛋天天吃也不会厌的。”母亲将蛋放在老虎灶上，最后一个鸡蛋，母亲剥了自己吃起来。“难怪小姑娘这么乖，看来是你们教育得好呀！”老公公夸母亲。“我看你这一胎一定是儿子了。”老公公继续道。

“要真是个儿子就好了，一儿一女，要啥有啥，真是好福气。”外婆接上老公公的话。

只是后来，我没盼来我的弟弟，取而代之的是一条女版的好汉二倌，七八岁以后她就胆大妄为了，我妈老用夸男孩子专用的“金狗卵”来赞美她，她说：“难听死了，我才不当‘金狗卵’呐”。

过年认干爹

外公外婆共养育了五个子女，四男一女，我妈妈是唯一的女孩，因此她恃宠而骄，四个娘舅戏称她为“小姐”。其实外婆家家境一般，但外公外婆勤俭持家，在队里也算是中等家庭。

母亲从小生活在和睦的家庭中，且被家人宠爱着，因此她总是自信满满，做事果断，但有时也不计后果。比如在一片反对声中一意孤行嫁给了父亲，与父亲离婚也没有一个人站在她这边支持她，但她决定的事情从来都是板上钉钉，十头牛也拉不回。反对归反对，母亲离异后我们娘仨还是得到了外婆家的庇护。

农历年底，我们在几个娘舅家轮番吃年夜饭。大年夜，安排在小娘舅家吃，长辈们一桌，小辈们一桌。年夜饭开始一会儿，四个娘舅就推杯换盏热闹起来，此时酒兴也上来了，忽然，三娘舅举起酒杯站起身来，对着我们一桌说：“大家静一下，今天，我们聚在一起吃年夜饭很开心。”大家停下手中的筷子，目光齐刷刷地望着三娘舅，等着听他作“报告”。

“谁要是今晚叫我干爹，我就给他50元作为压岁钱。”说完，他将杯中酒一饮而尽。我从小就贪财，况且是50元的巨款呢，话音刚落，我毫不犹豫，对金钱的渴求让我反射性地脱口而出：“干爹！”三娘舅爽快地拿出50元赏给我，干爹摸着我的头“认到个干女儿，哈哈哈，来来来，干杯，干杯”，娘舅们继续开怀畅饮。

“哼！”二倌放下筷子，冲出屋外，母亲紧跟其后。二倌蹲在小娘舅家的猪棚前“呜呜”地哭着，她尽力压低哭声，我与外婆都跟了出来。

“怎么回事，大过年的，你又要搞什么事？哪里不称心？”母亲一连串的疑问加追问，这些问题让二倌张大嘴放声大哭起来。

“不公平，不公平，哼，凭什么她有两个干爹，我一个也没有。”二倌指着我说，因为哭得太厉害，一抽一抽的，她委屈极了。

我出生前，母亲跟她的闺蜜约定好，谁先生孩子谁的孩子就认对方为干妈，以此来维持一生的友谊，母亲先结婚并有了我，而此时她的闺蜜才刚刚结婚，我顺理成章地认了干爹干妈。

“二倌，接下来还有干爹认，不要哭了，去吃年夜饭吧！”外婆说，可二倌还是不听劝。

“我把干爹让一个给你，小囡。”我在二倌面前表态。

“才不要，他们都是你的干爹，都被你叫过了。”二倌头一偏，“别人叫过的干爹我不叫！”

“你自己想清楚啊，我看这件事蛮公平的，谁让你不喊的。”母亲拉着我和外婆进屋，甩下一句，“我们继续吃年夜饭，不要理她，让她一个人想吧。”

过了一阵，二倌抹干眼泪溜进屋来了。

“欢欢喜喜过新年，今晚，辞旧迎新，我有一个新年愿望想实现。”大娘舅举杯站起。

常随童子游，多向外家剧。偷花入邻里，弄笔书墙壁。照水学梳头，应门未穿帻。

——［唐］王建《送韦处士老舅》

“我想认一个干女儿，如果谁愿意认我为干爹，同老三一样，也赏她50元压岁钱。”大娘舅继续说。

“好好好！”其他娘舅鼓掌。

“来来来，干了杯中酒！”大娘舅带领大家畅饮。

“痛快！开心！高兴！”大娘舅高声夸张地哈哈笑。

在场只有三个女孩，分别是大娘舅的女儿，二倌，还有我，其余都是男孩，女儿总不能认父亲为干爹，我又刚刚认过，大娘舅的目标已经很明确了。

“干爹。”二倌小声道。

“哎呀，太好了！”大娘舅兴奋异常，“我也有干女儿了！”

“干女儿，来来来。”大娘舅热情招呼二倌坐到他边上，好像二倌是他寻觅多时的宝贝，他包上一个50元的大红包塞到二倌的手中。笑容从二倌脸上荡漾开来。

“哼，不公平！”小娘舅虎着脸说话了。“大哥、三哥都认到了干女儿，你们倒心想事成了，我跟二哥也想认干女儿呢！”小娘舅故作生气地说。

看着娘舅们争要干女儿，小辈们都看热闹呢。

“老四，只怪我最不好，生了两个女儿，以后争取再生两个女儿给你们当干女儿。”母亲乐不可支地说。

“小姐，你都结扎了，还怎么生？”小舅妈插嘴。

门外爆竹声声，我们几个兄弟姐妹早已坐不住了，顾不上没吃完的年夜饭，带上买好的小爆竹去放爆竹了，大人们则还在继续他们的年夜饭。

多年后，小舅妈时常会提起当年之事，说我妈还欠她一个干女儿呢，呵呵。

酒缸的故事

（一）

我的二娘舅从小就过继给了他的大伯家，即我外公的哥哥，大伯家只有一个女孩，人丁单薄，二娘舅担负起继承陆家香火的责任，自过继开始他就随大伯生活在南通，成了大伯家的人。他过继时已十多岁，对外公外婆的称呼已改不了口，包括对他的兄弟姐妹们。因中间隔着一条长江，在交通不发达的年代，我们只能在逢年过节、婚丧嫁娶时才会碰面，跟二娘舅一家也就难免生疏了。

一日，外婆说，她的长孙女要结婚了，即二娘舅的女儿——我的姐姐，婚期就定在了农历年底，刚好是我们的寒假假期。外婆合计着要“趁汤落面”（常熟方言，指趁别人在办事时顺便代办一下），难得去一次，这次我们得提前去住几天，好好玩一下，反正路费也出了，争取“出本”。这个路途遥远的娘舅家我还从未去过，听外婆这么打算，我兴奋异常，甚至有了人生的第一次失眠。

我们天天盼着去南通的这一天，因为不知道要提前几天去，我跟二倌就天天围着母亲问。母亲被问烦了，就对我们说不提前去了，且不打算带上我们这帮小孩，每家就出一个大人作为代表去参加喜宴，路费太贵，还是以节约为主。我跟二倌听了沮丧极了，暗地里责备大人说话不算话，还说才不稀罕去的气话。

寒假来了，喝喜酒的事早已随西北风吹过了几万里，被忘得一干二净。寒风也是捣蛋鬼，它四处乱闯乱撞，窗缝门缝只要有头发丝细小的缝它都能钻进来，无缝不入。我跟二倌冻得直跺脚，母亲却不以为然地说“冻死懒汉，动起来就不会冷”。我们才不要做懒汉，于是姐妹俩一鼓作气打开大门，冲进刺骨的寒风里，邀请邻居小伙伴们到我家跳皮筋，小伙伴们也懒得出门，于是我俩就怼一句“冻死懒汉”。没想到，等我们到家，那帮“懒汉们”也全都来了，于是大家一齐搬来两张长凳子，用来负责绷皮筋的两头，然后两人一组轮番上阵开跳，周扒皮、掏、转、绕，等等，跳得身上暖暖的。“小兰，小兰”，门外是小娘舅的叫门声，听到声音我立马去开门，将他迎进屋。

“你妈呢？”小娘舅问，他边说边脱下纱手套搓手。

“在楼上。”我答道。

“今天要冷死人的，手指头也要冻掉了。”小娘舅连跺带跳往楼上跑去。

我们继续跳我们的皮筋。

“囡囡，你跟二倌想去南通吗？”母亲从二楼的楼梯处探出脑袋问楼下的我俩。

我俩愣了一下，继而高兴得跳起来：“要去的，要去的”。

“那还不麻利点来归置衣裳。”母亲说。

“二二，你们怎么要去南通？”二倌的同学问她。

“喏，我们家有南通亲戚呀！”二倌威风地说。

小伙伴们都投以羡慕的目光。

“我们这一次要坐大轮船去的。”已跑到二楼的我学着母亲样探出脑袋补充道。

到楼上，发现母亲已经在帮我俩整理衣服了，她让我俩先换了一套整洁的外套。然后帮我们打包了一些衣物。

小娘舅说今晚我俩就要住去外婆家，明天一早就要出发去南通了。于是母亲的自行车载上二倌，小娘舅载上我，将我俩送往外婆家。

第二天，吃完早饭，外婆、欣欣弟弟（三娘舅的儿子）、伟伟弟弟（小娘舅的儿子）、我们姐妹俩一同坐上了三娘舅问单位借的卡车。外婆大包小包带了很多东西，花生、芝麻一大袋，各种豆子分别装在了几个瓶子里，它们被安排挤在一个布包里，另外还有一袋棉花绒子是打算给孙女结婚团棉毯的。我们姐弟四人每人还有一个小包，大包小包那场景，不知道的以为是搬家呢。

我们姐弟四人挤在卡车的副驾驶上，外婆则一人坐在卡车车厢里，三娘舅将所有的包包堆放在外婆的四周，用来抵挡寒风。

汽车在一路的颠簸中到达常通汽渡。坐在卡车上的我们视野宽阔，只见滔滔江水拍打着岸边的乱石，江内的船只来来往往，汽渡旁等着几个推自行车的人，他们的车上也绑满了大包小包，还有一些人或站或坐，随身也有一两件行李。整个汽渡码头只有我们一辆汽车。

一名工作人员跑过来，用力敲车窗，三娘舅摇下车窗玻璃。“师傅，今天江面风力有点大，可能要等会儿了，船一时开不了了。”工作人员带着歉意说。“还要等多久呢？”三娘舅问。“这个我们也不知道了，要看运气了。”三娘舅到车厢内将外婆搀下车，让她坐到驾驶室等，他则一人站到了寒风里。“哎，隔洋过海的，去一趟真的太难了！”外婆连连感慨。

约莫过了半小时，我看到刚才的工作人员在跟车外的三娘舅交谈。三娘舅从右侧跳上车头，将四个孩子一一抱下，他边抱边兴奋地说：“今天海龙王心情好，休息了，风力小了，我们能过江了。”接着又将十几个大大小小的包裹从车上拿下。

“还要等一会儿，等摩托车、自行车先上，上完我们上，我先去买票。”说完三娘舅就去排队买票了。三娘舅只买回来一张票，说是只要外婆有票就行了，我最大，才10虚岁，应该不会补票的。“对对，徐虹，等会检票时你身子略下蹲就可以了。”外婆倒也认可。

三娘舅帮我们提着大包小包，送我们到检票口，我照着外婆的嘱咐人尽量不站直。“好婆，你怎么一个人带4个孩子过江？等会儿到船上千万要把孩子看好了。”检票工作人员关照外婆。“你放心，我一定会看好她们的。”外婆讨好似地边笑边说。“好像这个小姑娘身高超标了。”检票员说，“你们去南通干吗呀？”检票员继续寒暄。“唉，我的二儿子一人在南通，我有好几年没见到他了，这次也是孙女结婚才去的。”外婆说着声音也哽咽了。“好了，好了，过，这小姑娘身高刚刚不到。”咦，怎么回事？我心想。

摩托车、自行车浩浩荡荡地往轮船上推，工作人员指挥着他们一辆辆整齐摆好，等车子们摆放妥当，我们在工作人员挥手示意下往船上走，我跟二

家是世界上唯一隐藏人类缺点与失败的地方，它同时也蕴藏着甜蜜的爱。

——〔英〕萧伯纳

倌两人合力抬一袋包裹，可两个弟弟比我们还小，根本无力帮忙，外婆一个人要提那么多的袋子，显然也不行，这时，检票口的叔叔过来对外婆说了一句："我来送你们上船。"他一手拿起两个包裹，腋下又夹起一个送我们到达渡船。"谢谢小伙子！"外婆感激地说道。"不客气，应该的，应该的。"检票员叔叔边回答边往岸上走。

宽阔的船身中间是一大块空地，中间有防滑处置，铁质表面让人看着更冷了，外婆让我们在船中间靠外侧，这里有遮挡。等外婆排列好大包小包，船就开动了。第一次坐大船的我们，第一次在长江里的我们，兴奋无比。"让海风吹拂了五千年……"啊啊啊，忍不住歌唱，我们姐弟四人拉着手看着一望无际的江面，又唱又跳。

（二）

"娘，娘！"船停稳，岸上的二娘舅挥着手穿过摩托车、自行车大军，逆向朝船上狂奔而来。

"二儿，二儿，哎，哎！"外婆向二娘舅招手，"快叫你们的二叔，二娘舅。"于是我们四个也朝他狂喊。

"二儿，两年多没见了。"外婆拉着二娘舅的手，目光盯住她的儿子。

"先回家，先回家。"二娘舅边说边帮我们提包，码头上等着我们的还有二舅妈。

长这么大还是第一次来二娘舅家，二娘舅家还是三开间的平房，但每一间都特别大，房子正屋西侧还有两间小屋，主屋西屋前有一口大井，二娘舅安排我们住在西屋，我、外婆、二倌一张床，两个弟弟一张床。

二娘舅帮我们安排好每天的活动，比如上兔子港看市场，那里有蛤蜊油、头花和各式各样的商品，二娘舅给了我们零钱，我们就自由地花了。还有串门走亲戚。

再有三天姐姐就要结婚了，可我们4个却无聊极了，弟弟们又不会跳皮筋，他们爱玩的我们又不喜欢。

二倌建议："要不然一起玩捉迷藏吧？""好！"我们齐声答应，我跟二倌一组，两个弟弟一组。藏哪里呢？我心想躲到缸上，披个麻袋隐藏好，就不会被发现了。哈哈，行。

我站到草编的缸盖上，披上外婆的衣服，等弟弟妹妹来找，他们找来找去都找不到，我的脚越站越凉，感觉鞋子里进水了。然后整个人往下沉，缸盖也往下沉，"怎么办呀？我掉缸里了。"一阵米酒香扑面而来，这时我才反应过来，我喊出声来。弟妹三人闻声合力将我从酒缸里拉出，我的衣服裤子全湿了。

"这缸酒，二舅妈说要等姐姐结婚的时候给客人们喝的。现在怎么办？"二倌这么一说我才知道这下闯大祸了。

"这样吧，我们四个一个也不要说，这不就不知道了吗？大家记住，千万帮我保密。"我哀求他们。

"嗯，我们都不说。"弟弟妹妹们表态。

我将湿衣服脱下，换上干净衣服，把湿衣服藏到床后的缝隙之间。

"这缸米酒真香呀。"晚上，躺在床上的外婆说，我们都不敢接话。

第二天，天未亮，我摸黑起床，来到那口大井前，提水洗衣，躺在床上的二舅妈听到提水声还以为是外婆起床了，于是她也起床，一看却是我在洗衣服。

“哎呀，徐虹，这小姑娘太懂事，你不要洗衣服了，这天也太冷了，这些衣服让二舅妈来洗。”二舅妈拉开我。

“我来洗，我来洗好了！”我甩开二舅妈拉着我的手，“我自己能洗的。”

“咦，怎么有酒味？”二舅妈闻到了酒味。这下麻烦了，我心想。

我不作声，二舅妈见我不作声，就去问伟伟——我最小的弟弟。还在睡梦中的他马上出卖了我，我在窗外清晰地听到他说：“是姐姐捉迷藏躲到酒缸上，跌到了酒缸里。”

完了，完了，怎么办？我害怕极了。

“呀，这怎么办才好？赶紧看看酒怎么样了。”外婆接话说。

二舅妈跟外婆来到酒缸前，见酒缸的草盖头已全部浸在酒缸里，纯白的米酒已发黄。

“这酒怎么发黄了呀？”外婆疑惑地说。

“我看是不是因为草盖头浸到了酒缸里才发黄的。”二舅妈猜测着。

“这，这，这怎么弄呀？明天可就要办喜酒了，叫客人们来了喝啥酒呀？”外婆着急地说。

“妈，你也不要急，办法总归是有的。”二舅妈安慰外婆，“妈，孩子们第一次来我家，你千万不要责备他们啊。”二舅妈补充道。听到这句话，我心里的大石头也就落地了。

早饭后，外婆跟二娘舅夫妇俩商讨明天要怎么办？

“一缸酒要300斤，一下子到哪里去买呀？”二娘舅说。

“啥？300斤？”外婆惊讶。

“要么，买点黄酒、米酒两样凑凑。”二舅妈不接外婆的话。

“嗯，只能这样了。”二娘舅说。

“我看，叫小兰赔点吧，你们办一件事也不容易，孩子不懂事，闯祸弄出这么大的损失。”外婆手心手背都是肉。

“不行，这件事不能让小兰知道。”二娘舅说。

“对了，关照孩子们也不能说。”二舅妈说。

“小兰本来就挺困难，这件事咬一下牙就过去了，千万不能说。”二舅妈说。

“同胞父母看娘面，千朵桃花一树生。看到你们兄妹团结，我就开心。”外婆对二娘舅夫妇说。

姐姐结婚当天，妈妈以及三个娘舅家都从常熟赶到南通喝喜酒，按照约定大家只字不提我跌到酒缸里的事。兄妹碰面，又逢喜事，格外亲热，喝完喜酒，一大帮人次日返家。

这件事，直到我结婚，二娘舅因为高兴喝多了老酒，无意中才说穿，我妈责怪二娘舅为什么不早告诉她。

“现在告诉也不迟，我以后喝的酒都靠外甥女了，跟你无关！”二娘舅说完，众人哈哈大笑。

“对对对，二娘舅以后喝的酒我全包了！”我说。

切生瓜

那年我上小学二年级，一心想赚大钱的父亲在外婆家的大力支持下举债买了条跑运输的轮船，二倌被父母带到船上跑运输，爷爷还要上班，落单的我只得由母亲安排住到外婆家，一住就是个把月。住的时间一长，自然而然外婆队里的小伙伴、邻居就都很熟络了。

清早，天还未亮，灰蒙蒙的。

“婉娣，婉娣！”后门外是被外婆唤作“仁高娘子”的邻居好婆，她在叫我的外婆。

“我在前院洗衣服呢，有啥事吗？”外婆轻声接话，我却依然被好婆的喊声吵醒了，在睡梦中醒过来的我竖起耳朵细听她们的谈话。

“婉娣，福山农场的蜜饯厂这几天有切生瓜的活，听说很合算，我们一起去。”仁高好婆来到前院。

“今天就去吗？”外婆问。

“是呀，去晚了就切不到了，听说抢着去切的人很多呢！”邻居好婆着急地说。

“好好，我饭还没吃，要么去捏个饭团路上边走边吃吧。”

提篮小卖
拾煤渣
担水劈柴
也靠她
里里外外一把手
穷人的孩子早当家
栽什么树苗结什么果
撒什么种子开什么花
栽什么树苗结什么果
撒什么种子开什么花

——《红灯记》选段

“啪”的一声。着急的外婆踢翻了她坐着洗衣服的小凳子，我能脑补外婆着急的样子。

听外婆这么一说，我从床上一跃而起，心想：不行，我也要去，我也要去挣那钱。

“婉娣，带把刀就行了，其他啥也不用带。”邻居好婆催促外婆说。

“不行，还得带上我。”我从房间里走出来。

“带上你不行，你在家，外婆切完生瓜就回来了。”外婆不答应。

“婉娣，你就带上她吧，她平时就蛮乖，没事的。”仁高好婆拉上我，不等外婆同意就往门外走。

三人摸黑前行。

“仁高娘子，你吃早饭了没？”外婆问邻居好婆。

“我带了饭盒，等会儿切完生瓜吃，吃早了会饿的，浪费！”好婆接外婆的话。

“你嘛，不要太节约了，饭还是要吃饱的。”黑夜中的外婆心疼地说。

“不节约怎么办呀，家里的情况你又不是不知道。我今天一早起来烧好了一大锅白米饭。”邻居好婆无奈地说。

“多烧了可不行，这种天气放不住的，容易馊。”外婆说。

“我也知道容易馊，可如果分几次烧就要烧掉很多柴呢。”邻居好婆答。

……

外婆家离蜜饯厂还是很近的，约莫一刻钟就到了。生瓜又名菜瓜，切开晾晒后可以制成蜜饯，也可以制成月饼馅。我们来到蜜饯厂门口的时候，见到“叽叽喳喳”一堆人坐在长凳上，就着昏暗的灯光聊着天，他们的旁边都放着一两个大箩筐。

老板见到我们来了，也发给外婆跟邻居好婆每人两个箩筐加一条长板凳。

“叔叔，我也要。”我说。

“你也要？不行。”老板说。

“为什么不行？”我问。

“你年纪太小。”老板态度坚决。

“我们等会儿一起干，多箩筐不等于能切得多。”外婆拉过我说。

“等会儿切的时候切到这么厚，太薄太厚都是不合格的，到时候不要切了也白切，凡是不合格的不会给你们钱的啊。”老板的脸真板。

我们仨找了个地方坐在长凳上，外婆拿出饭团让我吃。

“老板，什么时候能切？”外婆问老板。

“想在这切么就等，运输车还没来，你要问我，我也不知道。”老板不耐烦地说。

天已微亮，东方泛起了鱼肚白。老板将照明灯也关了。

“车来了，车来了。”不知道是谁发现了运输车。

“等会儿你不要乱跑，我去抢生瓜！”外婆嘱咐我。

一群人拿着箩筐挤到尚未停稳的卡车边。

“大家听好了，等会儿等车停稳了，你们再到车后面拿生瓜，不然很危险，谁要是不听话，我就不让他干。”老板对着我们大声喊话。

大家不理会老板，都拿起箩筐集中跟在大卡车后，大卡车终于停稳了，司机从车头上爬进车厢，他拉开车后的挡板，堆得高高的生瓜瞬间就滚了下来。

大人们都在抢生瓜，我早已把外婆对我说的话抛在了脑后，也加入到了抢生瓜的队伍里。我扑倒在一个大瓜上，这个瓜有一截是断了的。我学着大人的样子将它们扔到自己的箩筐里，只一小会儿，地上的生瓜就被一抢而空。

车上的叔叔继续往下扔，可他一扔，下面一二十人开抢，那场面像现在的篮球赛场，运动员们共抢一个篮球，这怎么行呢？这时候队伍里的几个男人手扳牢卡车车檐，爬上大卡车，直接往自己的箩筐内扔生瓜，女人们也眼红了，可是她们够不到大卡车的车檐，只能等司机扔下来。

“外婆，你把我抱起来，我要上卡车。”我急中生智。

“不行，你人太小了。”外婆说。

“可以的，你不要废话了。”我居然长幼颠倒。

外婆将我抱起，我够到车檐，一下就翻到了车厢内。

“外婆，你接住。”我抱起生瓜。

“仁高娘子，你把生瓜拿出去，我在这里接生瓜。我跟你一起干，干多少平分。”外婆对邻居好婆说。

我在车上看到我们拿的生瓜已经一大堆了，这时候不知道怎么回事人一个接一个全上车来了，一时车厢内都挤满了人。大家都奋力抢生瓜，好像那就是宝贝，突然我一脚踩到一条生瓜，“嗞”一下，人顺着生瓜从车厢内滑出，居然不偏不倚掉到了半箩筐生瓜里。

“怎么样？怎么样？”外婆吓得脸色煞白。

“没事，没事。”我拍着有点疼的屁股若无其事地说。

“哎呀，吓死我了，谢天谢地，你没事就好，要不然我怎么向徐家老祖宗交代呀！”外婆拍着胸口说。

“我们不抢了，我们去切生瓜了！”仁高好婆说。

于是外婆跟邻居好婆拿出她们准备好的刀开始切起生瓜来。她们双腿分开，人就坐在长凳中间，将生瓜放在凳子一头，底下放一个空箩筐，以凳子为砧板快速地切生瓜，切好的生瓜自然掉至箩筐里，我在一旁负责递生瓜，她俩将生瓜对半剖开。

“徐虹，你挖籽吧！”邻居好婆拿出小勺子。

“好！”我一人开始挖籽。

“这样吧，我来剖，等徐虹挖籽，你切，等我都剖好了，再帮你来切！”外婆对仁高好婆说。

“蛮好，就这样干。”邻居好婆点头。

于是我们仨合力开始切生瓜，我们拿到的生瓜太多，一直切到烈日当头才切好。

“没想到，你们二老一少切得还真不少呢，”老板边过磅边说。

“叫什么名字，你们分开记还是一起帮你们记账？”老板问。

“一起吧。”好婆说。

“是，是，一起。”仁高好婆说。

“我看小姑娘也起了大作用！”听老板这么一夸，我心里也是美美的。

“老板，什么时候能拿钱？”我迫不及待地问。

“等切生瓜结束。”老板笑答，“以后一个月基本每天都有得切。”

“等拿到钱，外婆把钱分给你。”外婆说。

后来我们仨又连续切了一个多月的生瓜，母亲从船上回来后，到外婆家叫我回去我都不肯回，财迷的我只因为还能切几天生瓜。最后一天，老板立马结付，外婆把我的一份给了我，哇，这么多。

“外婆，我现在就要回家！”我兴奋得想立刻返家，把这个好消息告诉二倌。

“那不行，我又不会骑自行车。等晚上吧，看你哪个娘舅有空再送你回去。”外婆说。

“我现在就要回去。”我执意。

“那我们去工区里找找小娘舅，看他中午有没有空，送你回家！”外婆说。

小娘舅听我说要回去，也劝我晚上回。他们都不带我回去，我急得大哭起来，没办法，小娘舅只得顶着烈日送我回家。

“二倌，二倌，二倌……”快到家门外的时候，我在小娘舅的自行车后座上就喊妹妹。

“姐姐，姐姐，姐姐，姐姐！”一个多月没见的妹妹，有多想念我呀！

“老四，你干吗大中午送她回来？”母亲听到声音从屋内出来。

“我也不想的，不送她回来她就哭，娘硬要叫我送她回来，没办法呀！”小娘舅摇着头说。

“二倌，二倌，这次姐姐挣到很多钱，你说你想吃啥？”我把二倌拉到角落里偷偷告诉她。

这笔钱，我们没告诉母亲，后来都被我俩挥霍一空，买了月亮饼、棒冰、鸡蛋糕，总之都是吃的，哈哈，真是没出息。

后　记

2018年11月24日，我年仅16岁的花季独生女“粉猪”因病永远地离开了我们。她是个乖巧懂事的女孩。临走前一个月她把遗愿告诉我：希望爸爸妈妈能坚强面对以后的工作生活，愿我还是那个光鲜亮丽、对生活充满热情的人。

遏不住对女儿深深的眷恋，我掩埋撕心的痛，强对每一天。每一次泪流，我的耳畔就会回响起她的声音：妈妈，你又不听话了。她的音容笑貌分秒闪现在我的脑海里，对她无尽的思念让我试着提起笔，试图通过写文章来怀念她。可是我发现，这样的自己情绪越来越低落。

母亲看到我的样子，心疼地说：“你天天想她，可是你想过我的女儿吗？”那一刻我泪如雨下，也暗暗下决心：放大微小的快乐，缩小如天的悲伤，只因我是妈妈的女儿，我不能再让妈妈担心。

我又提笔，改写以童趣为主题的我与妹妹二倌的故事。从一篇、二篇、三篇到十篇，我突然有了一种想把它们编成小册子的冲动，于是，我把写好的文章发给了我的老师宗川。看过我写的文章后，他说我写的文章充满真情实感，鼓励我多写一些集结成书，我并没把他的话当成压力，因为在我看来，写书是遥远的事，继续坚持只是为了排遣心中的苦闷。不知不觉，我在完成了50篇后，选出46篇编成了书，在好友尹婷的帮助下，彩铅插画工作完成，为全书增添了更多趣味；在宗川老师的悉心指导下，我完成了全书诗词、民间谚语及名人名言等的选编工作，使全书在内容上增加了厚重度。

一稿样书出来后，封面插画设计不过关，让我万分感动的是国家一级美术师姚新峰老师得知我的难处，欣然提笔作画，大家之作，果然有"画龙点睛"之妙！中国书法家协会会员蔡标是我的中学老师，他在病中，在发烧，在住院，听到我要出书的消息后，强支病体，在病房中，赐我墨宝"有你真好"，让此书熠熠生辉，在此一并鞠躬铭谢了！

朋友们知道我要出书，都尊称我为作家，我说："哈哈，你们漏了一个字。"

"什么字？"大家都会反问我。

"请叫我作文家。"

嘻嘻。

作 者

2020年12月